これが魔法使いの切り札
3．微笑みの公女

羊 太郎

JN092253

ファンタジア文庫

3424

口絵・本文イラスト　三嶋くろね

3

これが魔法使いの切り札

微笑みの公女

This is wizard's last card.

Taro Hitsuji
illustration
Kurone Mishima

序章　とある少女の誓い

その日——その葬儀は、しめやかに行われた。

「ああ、リシャール様……なんて、お労《いたわ》しや……」
「まだ、こんなにお若いのに……」

重苦しい雨雲の下、傘を差した黒い喪服の参列者達の嘆きとすすり泣きが、冷たく降り注ぐ雨の音にかき消されていく。

そこは、貴人専用の霊園。

色とりどりの草花が咲き乱れる美しい庭園ではあるが、墓地特有の厳かな静粛さ、寂《せき》寥《りょう》や哀傷は決して拭えない。

ましてや——多くの人々から愛された人物が、埋葬されている最中とあっては。

「おひい様が無事だったのが、せめてもの救いか……」

「しかし、あの栄えあるダードリックで、まさかあのような……」

「《祈祷派《きとうは》》め……」


様々な感情を滲《にじ》ませる参列者達が見守る中。

故人が納められた棺《ひつぎ》が、数人がかりでロープを使って、墓穴の中へゆっくりと下ろされていく。

最後に参列者達から、穴の底の故人へ向かって花が捧《ささ》げられて。

上から土をかけられ、徐々にその棺が見えなくなっていく。

周囲に漂う悲哀とすすり泣きが、雨音と共により一層強くなっていく。

そんな様を――その少女は、ただじっと見つめていた。

まだ、その身に幼さを残すその青い髪の少女は、故人の婚約者だった。


「…………」


その少女の瞳に映るのは、ただただ無限の虚無の色だった。

その少女の顔に張り付いたのは、ただただ無限の虚無の表情だった。

その少女の手に握られているのは、故人へ手向《たむ》けるはずだった白い花。今はめしゃりと無惨《むざん》に握り潰されてる花。

少女は、悲しくなかったわけではない。

少女は、泣けなかったわけではない。

誰よりも情深き少女であった。

誰よりも故人のことを、深く、深く、愛していた。

それゆえに——涙も、感情も、ことごとくに至るまでに、その全てを限界を超えて絞り尽くしてしまっただけ。

少女は灰だった。

ただただ、真っ白に燃え尽きてしまった灰だったのだ。


「…………」


やがて、故人は完全に土の下へ消えて。

その上に、予《あらかじ》め用意されていた白く立派な墓石が立てられる。

葬儀は全て終了し、参列者達は一人、また一人とその場から離れていく。

「…………」

青い髪の少女は動かない。

ただ、黙って虚《うつ》ろな瞳で、故人の――自身の婚約者の永遠の寝床となった墓を見つめ続けている。

身なりの良い貴人――少女の父親が、そんな少女の肩に手を乗せて、もう戻ろうと静かに促す。

だが、それでも少女は動かない。まるで千年そこにあった岩のように。

明確な意思を持って、その場に留《とど》まり続ける。

やがて、父親は諦める。

婚約者を喪《うしな》った少女へかけるべき言葉は見つからず、しばらくは娘の好きにさせてやろうと少女を残し、その場を力なく立ち去っていく。

やがて、少女は一人になる。

正確には、立ち去ったはずの父親が、遠くの物陰から密《ひそ》かに少女を見守っているが……

少女の意識から外れた今、少女はこの世界にただ一人きりだった。

夜が近づき、ただでさえ雨で薄暗い辺りが、さらに暗くなっていく。

このまま少女が孤独の闇の中に溶けて消えかねない……まさにそんな時だった。


「……姉様！」


そんな沈黙と静寂を破る者がいた。

青い髪の少女と同年代かやや年下くらいの、赤い髪と瞳の少女だ。

青い髪の少女と同じく貴族の出らしく、赤い髪の少女の身なりは良い。

だが、赤い髪の少女はこの雨の中、傘も差さず、従者も連れず、息せき切って墓前に佇《たたず》む少女の傍《そば》にやって来る。

「遅れてすまぬ……ッ！　まさか、リシャール兄様が……ダードリックであのようなことになるなんて……ッ！」

赤い髪の少女にとっても、故人は近しい人だったらしい。

彫像のように動かない青い髪の少女の隣で、やって来た赤い髪の少女は涙を流しながら絞り出すように言った。

「じゃが、いつまでも何をやってるのじゃ⁉　こんなに身体《からだ》が冷えきって……姉様に何かあったら、兄様も安心して眠れぬじゃろう⁉」

それは、同年代の強みか、あるいは幼さゆえの素直さなのだろう。

大人では決して立ち入れぬ領域に、赤い髪の少女はやすやすと踏み込んでいく。

「来るのじゃ！」

赤い髪の少女は、彫像のように立ち尽くす青い髪の少女の手を取り、強引に連れ戻そうと引っ張り、駆け出していく。

「堪《こら》えよ、姉様……今は堪えるのじゃ……ッ！　辛《つら》いじゃろうが、残された者は……生きねばならぬのじゃ……ッ！」

故人──青い髪の少女の婚約者は、赤い髪の少女の実の兄。

当然、赤い髪の少女も辛いに決まっている。哀《かな》しいに決まっている。

だが、強かった。

親友である青い髪の少女のために、赤い髪の少女は強く前を向いているのだ。

すると。

今まで、無言だった青い髪の少女が、手を引かれるまま、ぼそりと口を開く。

「でも……リシャール様……私のせいで……死んじゃった……私を庇《かば》って……お父様もいっぱい悲しませちゃって……貴女《あなた》にも辛い思いをさせて……

こんな私に……生きる価値なんて……あるの……？」

だが、そんな青い髪の少女の自虐的な言葉を塞ぐように。

「それでも、じゃ！」

赤い髪の少女が強く叫ぶ。

青い髪の少女の手を引きながら、泣きながら、それでも必死に叫ぶ。

「姉様が自分を責める気持ちはわかる！　じゃが、それでも生きねばならぬ！

生きて、姉様を生かしてくれた兄様に報いねばならぬのじゃ……ッ！

それが、残された者の務めじゃ……ッ！」

その言葉が、青い髪の少女の、何らかの琴線に触れたらしい。

「リシャール様に……報いる……？　生きて……？」

まるで何かに取り憑《つ》かれたように、そう復唱した。

そして、青い髪の少女の心の感覚が、感情が、急速に蘇《よみがえ》っていく。

「うん……そうだね……そうだよ……私、生きて、リシャール様に報いなきゃ……リシャール様から貰《もら》った命だもの……一生懸命に生きて……報いなきゃ……」

「わかってくれたか……ッ！　ああ、そうじゃ！」

青い髪の少女の手を引きながら、赤い髪の少女がボロボロと涙を零《こぼ》し、笑う。

「大丈夫！　姉様には余がついておる！　余が姉様を支える！
じゃから……一緒に帰ろう！」
「……うん」
それは──傍《はた》から見れば、とても尊く微笑《ほほえ》ましい光景。
己のせいで婚約者を喪い、全てに絶望した少女が。
友に叱咤《しった》され、手を引かれ。
そして、その友の必死の想《おも》いに応え、一歩前へと踏み出した──そんな光景。
幼く純粋無垢《じゅんすいむく》な友情だからこそ為《な》せる光景。
誰もが涙を禁じ得ない、そんな感動的な光景。

だから──誰も気付かなかったのだ。
青い髪の少女の手を引く、赤い髪の少女すら気付かなかった。
赤い髪の少女に手を引かれ、力強く一歩を踏み出した、その青い髪の少女の。

その時、その顔に張り付いていた、表情は──……

第一章　生徒会長

「た、大変だよ、皆〜〜っ！」

　エストリア魔法学院の昼休み。

　息せき切って駆けてくるアニーの切羽詰まった叫びが、学院の中庭に響き渡った。

「ん？　どうした？　アニー」

「何かあったかの？」

「はぁ……」

　中庭の各所に設置されている東屋《ガゼボ》の一つで寛《くつろ》いでいたランディとセレフィナが顔を上げ、シノが心底面倒臭そうに読んでいた本を閉じる。

　アニーは、そんな一同の前にやって来ると、しばらく両膝に手を当てて俯《うつむ》いて、息を整えてから、顔を上げて一気にまくし立てる。

「リクス君が……リクス君が大変なんだよ！」

「やっぱ、またリクスか」

「やはり、またリクスじゃ」

「やっぱり、またリクスなのね」

ランディ、セレフィナ、シノの台詞《せりふ》が見事なまでにシンクロした。

「んっ？　アニキがどうかしたっすか？」

キョトンと小首を傾《かし》げるトランに、ランディが肩を竦《すく》める。

「やれやれ……何があったか知らんが、日和《ひより》が良いから、皆で中庭で昼食を取ろうと、リクスに買い出しに行かせたのは失敗だったか……」

「まったく。だから、余がリクスと共に買い出しに行くと言ったのじゃ。彼奴《きゃつ》の世話は、大人しいアニーには荷が勝ちすぎるであろ？」

セレフィナが炎のように鮮やかな赤い髪をかき上げながら胸を張り、得意げに言う。

「彼奴《きゃつ》を御せるのは、未来のオルドラン帝国皇帝！　このセレフィナ＝オルドラン以外にありえぬのじゃ！　ふふん！」

するると、シノがどこか不機嫌そうに、ぼそりと呟《つぶや》いた。

「どうだか。温室育ちの皇女様に、あの天然非常識バカの手綱が取れるかしら」

「……なんじゃ？　まるで自分の方が手綱が取れるとでも言いたげじゃな？　シノ」

「誰が。私は別に……」

「はいはいはいはい、水面下の牽制《けんせい》合戦はそこまでな」

ランディがため息吐《つ》きながらセレフィナとシノを宥《なだ》め、アニーに向き直る。

「……で？　リクスは一体、何をやらかしたんだ？　売店からパンでも略奪したのか？」

「ははは！　そんなわけなかろうて。あれで彼奴《きゃつ》は物の分別のつく男……せいぜい代金が足らず、道行く生徒達からカツアゲする程度じゃろ？」

「はぁ……貴方《あなた》達は、リクスのことが何もわかってないのね。どうせ、欲しいパンが売り切れていたから、売店に人質取って立てこもるとか、そんなところでしょう？」

「……皆にとって、リクス君って何？」

曖昧に笑うしかないアニーであった。

「そうじゃなくて！　本当にリクス君、今、大変なことになっちゃったんだよ⁉　なんだか怖い上級生達に絡《から》まれて、連れて行かれちゃったの！」

「なんだって⁉」

「なんじゃと⁉」

「なんですって⁉」

三人の台詞が見事なまでにシンクロした。

「あの上級生達……確か、この学院では有名な素行不良の生徒達だった……私、心配で心配で……」

暗い顔で俯くアニー。

「くっ！　このままじゃヤベーぞ⁉」

「うむ！　このままでは酷《ひど》い目に遭わされてしまう！」

「そんなことになったら、再起不能にされかねないわ……アニー、案内なさい！」

「うんっ！」

一同は立ち上がり、アニーの案内で駆け出すのであった。

――――。

そんなこんなで。

学院の校舎の裏手の雑木林に面した薄暗い場所にて。

「…………」

両手にたくさんのパンやサンドイッチを抱えたリクスが、校舎の壁を背に立っている。

「へへへ……」

み上げていた。

そんな不良生徒の連中が、揃《そろ》って首を四十五度傾け、何やら剣呑《けんのん》な雰囲気でリクスを睨《にら》

いかにも柄の悪そうな生徒達だ。髪を派手に染め上げたり、不自然に逆立てていたり。

そんなリクスを、数名の上級生達がそれぞれの魔杖《まじょう》を肩に担《かつ》いで取り囲んでいた。

「ひひひ……」

「えーと？　ツラ貸せというから来たんですけど。何か用っすか？　先輩がた」

リクスがキョトンと小首を傾げながら、尋ねる。

するとと不良生徒達のリーダー格――モヒカン頭の上級生が、威圧するような声色でリクスに言った。

「おぉい？　一年坊。リクスとか言ったなぁ？　テメェ……最近、調子乗ってんだろ？」

「調子に乗っている……？　俺が……？」

「最近、随分派手に目立ってるじゃねーか？　ああ？　ウゼェくらいによぉ？」

「方々で好き勝手にやりたい放題やってよぉ？」

「それに……あちこちで、俺達《マッド＝ドッグ》を、クソ雑魚《ざこ》ナメクジ集団だとこき下ろしてるらしいなぁ？」

「てめぇ、ひょっとして勘違いしてんだろ？　自分が強《つえ》ぇってよ……」

「あんま調子に乗ってっと――……」

　一瞬、リクスは一体、何を言われたのかわからないとばかりに、目をぱちくりさせて……やがて、吠《ほ》えた。


「乗れるわけないでしょう⁉　一体、何考えてるんすか⁉」


　ドガァ！　と、腹の底からの大音声《だいおんじょう》に大気が震え、校舎の壁がビリビリと震える。

　まるで修羅のようなリクスの表情に、取り囲む不良生徒達が硬直する。

「そりゃ、俺だって調子に乗りたいっすよ！

　だって、せっかく憧れの魔術師になれる魔法学院に、運良く入れたんですよ⁉

　魔術師になって、クソな人生とはおさらばして！　キャッキャウフフの青春を謳歌《おうか》しながら、人生の勝ち組になれると思ってたんすよ⁉

　だというのに、魔法はちっとも使えるようにならないし！　テストはボロクソ！　よくわからないうちに留年通り越して、現在進行形で退学の危機！

　こんな状況で……こんな状況で、一体、どうしたら調子に乗れるって言うんすかぁあああああああああああああああああ――ッ⁉」

「それは……うん、なんかゴメン」

「俺達より状況が酷《ひで》ぇ……」

男泣きするリクスを前に、不良達もドン引きであった。

「後、学生になったら彼女とかできるとか思ってたんすけど、全然、できないし……はぁ……俺がモテないのは相変わらずなんすよね……はぁ……どっかに俺のこと好きになってくれる女の子いないかなぁ……？」

「その発言は超ムカつくぜ」

「最近、学院で評判の一年生美少女、シノさん、アニーちゃん、セレフィナ様に囲まれておきながら……ッ！」

「可愛《かわい》い可愛いトランちゃんまで召喚獣にしてるくせに……」

「いるんだよな……恵まれている自分に気付かねえ、ナチュラル煽《あお》りクソ野郎が……」

ため息吐くリクスに、不良達がバキボキと指を鳴らし始める。

「とまぁ、そういうわけで、先輩達！　俺、全然、まったく調子に乗ってません！　だからもういいっすよね？　俺、これから、そのシノ、アニー、セレフィナ、トラン達と一緒に昼ご飯なんすよ！

俺、たまには一人で静かに飯食いたいんすけど、皆がどうしても一緒にって言うから、仕方なくっすね！　じゃ！」

「「「テメェ！　やっぱ調子に乗ってんだろゴラァアアアアアアアア⁉」」」

立ち去ろうとするリクスを、残像するような素早さで再び不良達が取り囲む。

そして、リーダー格のモヒカンが、リクスの胸倉を掴《つか》み上げ、睨み付ける。

「待てや……俺はなぁ、テメェみてえな調子乗ってイキってる奴《やつ》が反吐《へど》が出るほど嫌いなんだよ？　ああ？」

「おお！　それは偶然っすね⁉　俺も先輩達みたいな何かと難癖つけて突っかかってくる奴、苦手なんすよ……あはは」

「ンだとぉ……⁉」

リクスの発言に、モヒカンはビキリと怒りのボルテージを一つ上げるが。

「懐《なつ》かしいな……傭兵《ようへい》時代も、本当に先輩みたいな人達って多くて……よく手首を斬り落としてやったっけ」

「…………え」

なんだか昔を懐かしむような穏やかな笑みを浮かべるリクスの物騒な呟きに、モヒカンは思わずリクスの胸倉を掴む手を離した。

「――じゃねえ！　ハッタリかましてんじゃねえぞコラぁ⁉　そんなんでビビると思って

んのかぁ!?　ああ!?」

次の瞬間、我に返ったモヒカンは再びリクスの胸倉を捻《ひね》り上げ、凄《すご》む。

「え？　ハッタリ？　いや……普通、手首くらい斬り落としますよね？

で、〝ごめん！　仲直りに握手しよう！　あ、君、もう手なかったね！　HAHAH
A！〟……って、煽り倒すまでが常識ですよね？」

「俺達にどういう同意求めてんじゃゴラァアアアアア!?」

「気は確かかテメェ!?」

「でも、大丈夫っすよ、先輩！　今の俺、学生っすから！　だから、もう手首とか斬り落
としたりしませんから！」

「なんじゃ!?　その学生じゃなかったらやる、みたいな言い方!?」

「倫理観バグってんのか!?」

リクスの独特なペースを前に、どうにも脅しの圧かけが上手《うま》くいかない。

そんな不良生徒達の苛立《いらだ》ちは徐々に募っていく。

「テメェ、やっぱ完全に俺達のこと舐《な》めてやがるな……？

少し教育してやんよ……先輩としてなぁああああああ――っ！」

不良生徒の一人が杖を掲げ、魔法を行使するためスフィアを展開しようとした――その

瞬間だった。

ゴボォ！

リクスが弾《はじ》かれたように動き、その不良生徒の口にパンをねじ込んでいた。

「……あ」

「もごぁあああああああ!?　ごぇえええええええええ!?」

完全に喉奥へパンが詰まり、呼吸不能になってジタバタ転げ回る不良生徒。

「や、すみません、先輩！　つい身体《からだ》が勝手に……ッ!?」

「や、野郎……ッ!?」

「テメエ、やんのかゴラァ!?」

「ぶっ殺してやるッッッ！」

そんなリクスの暴挙を目《ま》の当たりにした不良生徒達が、次々と杖を構え、スフィアを展開していくが。

ズボォ！　ガボォ！　ゴボォ！　ガボォ！

リクスは残像すら置き去りにする凄《すさ》まじい速度で、スフィアを展開しようとした不良生徒達の口へ、パンやらサンドイッチやらを次々突っ込んで行く。

「んんんんんんんん～～ッ⁉」

「むぐぅううう⁉　むぐぅうううううう⁉」

「qあw3s4えd5rf76tg7ゆh8じ9こ⁉⁉」

パンを喉奥に詰まらせた不良達が、目を白黒させて苦悶《くもん》に転げ回る。

地獄絵図がたちまちそこに出来上がっていた。

「て、テメェえええええええええ⁉　何してくれてんじゃゴラァアアアア⁉」

「殺す気かよ⁉」

「わ、わざとじゃない！　わざとじゃないんです！　なんかこう……反射的に⁉」

慌てて弁明するリクス。

「先輩。暴力は良くありません……まずは落ち着いて話し合いましょう。どうか聞かせてください。一体、俺の何が気に食わないのか……話してくれたら、俺だってちゃんと悪いところ直しますから……」

そんなことを穏やかな表情で訴えながら、大の字で倒れている不良生徒の一人の喉奥へ長いバゲットを、両手でグリグリねじ込んでいるリクスの図。

それはまるで、戦場で倒れた敵兵に、剣でとどめを刺しているかのような構図で。

その不良生徒は完全に白目を剝《む》いて、泡を吹いていた。

「口封じしてんじゃねーか⁉」

「テメェ！　台詞《せりふ》と行動が何一つ一致してねえんだよぉ⁉」

「ふざけやがってぇぇぇぇぇぇぇぇ！　ぶっ殺してやるぅうううううう――ッ！」

ついに堪忍袋《かんにんぶくろ》の緒がブチ切れたらしい不良生徒達が、リーダー格のモヒカンを筆頭に、リクスへと飛びかかって――……

――――。

「「「ぎゃああああああああああああああああ――っ⁉」」」

「なんだ⁉」

リクスが連れて行かれた校舎裏へと向かっていたランディ達の前に、吹っ飛ばされた無数の不良生徒達がゴロンゴロンと転がってくる。

白目を剝いてピクピクしている不良生徒達の口には、一様にパンやらサンドイッチが詰め込まれている。完全に酸欠を起こしており、顔は真っ青だ。

「マジで何事だよ⁉」

「はぁ……」

ランディが吠え、シノがため息を吐《つ》いていると。

「あ……皆……」

リクスが校舎裏の角から、落ち込んだ様子で姿を現す。

「ごめん、見ての通りだよ……皆から頼まれたパン、台無しにしてしまった……くそぉ……この程度のお使いもできないなんて……ッ！　やっぱり、俺は社会不適合者なのか……ッ⁉」

「お前が社会不適合者なのは、お使いができないからじゃないんだけどな」

頭を抱えるリクスへ、ランディは義務のように突っ込んでいた。

「ったく……案の定、ヤバかったな……不良共が」

「うむ。酷《ひど》い目に遭わされてしまったな……不良共が」

「ええ。再起不能にされかねなかったわね……不良共が」

「み、皆……そんなことよりも、早く不良の先輩達を手当しなきゃ……」

アニーがおろおろと辺りを見渡していると。

「「「「うがあああああああああああああああああああああ――――っ！」」」」

不良生徒達が喉に詰められたパンを一斉に引っこ抜いて立ち上がる。

「あ、生きてた」

「ぜはーっ！　ぜはーっ！　ガキの頃に死んだお祖母《ばあ》ちゃんと会ってきたぞ、懐かしかったぞゴラァあああああ――っ⁉　げほごほっ！」

「魔法発動の瞬間を狙って、いちいちいちいちいちパン詰め込んできやがってゴラァアアアアアア⁉　卑怯《ひきょう》だぞ、ゴラァアアアアア⁉」

「食べ物を粗末にするなと、お母《か》んから習わなかったのかよぉ⁉　ああ⁉」

疲れきった荒い息を吐きながら、不良生徒達がリクスを再び取り囲み、リクスへ向かって杖《つえ》を構える。

今まで、リクスに脊髄反射で妨害されまくっていたが、ついにスフィアを展開しきっていた。

「くっ……こうなるとちょっと分が悪いんだよな……」

リクスが警戒して身構えていると。

「えーと、よくわかんねっすけど、つまり、アニキ！　喧嘩《けんか》っすか⁉」

嬉々《きき》としたトランが、ギュン！　とリクスの傍《そば》へと駆け寄る。

「ふふん！　喧嘩乱闘は傭兵の華！　トラン、助太刀するっす！」

得意げに胸を張り、トランがリクスの隣に並んだ。

「おお、サンキューな、トラン！　でも、殺しちゃダメだぞ！」

「りょっす！　精々、首の骨を折る程度で勘弁してやるっす！」

「ははは、駄目だって。内臓を破裂させるくらいで許してやるんだ」

「もう！　相変わらずアニキってば、敵にも優しいんすから！　そゆとこ大好き！」

すると、ランディ、シノ、セレフィナも各々《おのおの》の魔杖《まじょう》を構えた。

「ふっ、助太刀するぜ」

「ええ、黙って見てられないわ」

「……じゃな。このような暴虐、到底見過ごせぬ」

「み、皆……俺のためにありがとう……やっぱり持つべきものは仲間だ……」

仲間達の厚い友情に、リクスが思わず涙ぐむ。

「……でも、皆、なんで不良側《そっち》に並んでるの？」

ランディ、シノ、セレフィナは、不良達側に並んで、リクスに向かって魔杖を構えていた。

「バカ野郎！　お前、戦力差ちったぁ考えろよ⁉」

「私達が貴方達《あなた》を止めないと、多分、死んじゃうでしょ？　この不良共《クズ》」

「さすがに友として、そのような暴虐、見過ごせぬからな……」

「酷《ひど》くない⁉」

そして、リクスだけでなく、他の一年生にも散々舐められまくった不良生徒達のリーダー格のモヒカンは、ついにその怒りが頂点に達していた。

「くそが……どいつもこいつも舐めやがって……ッ！　俺達が、この学院の誰もが恐れる武闘派魔術クラン《マッド＝ドッグ》と知ってのことか……ッ⁉」

「うーん……？　そもそも、俺、今日初めて知ったんすよね、先輩達のこと……」

「はぁ⁉　嘘《うそ》吐け、人をおちょくるのも大概にせいや！　とにかく、ぶっ殺してやるぅううううううう！　死ねぇえええええええええええええ──ッ！」

不良生徒達の杖に、炎やら雷やらが漲《みなぎ》る。

対し、リクスが剣を抜き、トランの右手がみしりと竜の手に変貌し、爪が伸びる。

「ああもう！　なるようになれ！」

「まったく！」

ランディ、シノ、セレフィナも魔力を高め始めて。

「あわわ……」

アニーがおろおろしながら、辺りを見回して。

まさに、三《み》つ巴《どもえ》の戦いが一触即発——そんな時だった。


「——〝凍れ〟」


そんな一言と共に、辺りに白い激風が吹き荒《すさ》んだ。

次の瞬間、その一帯に、もの凄《すご》い勢いで氷塊が成長していく。

「ぬわぁあああああああ⁉」

「なんとぉ⁉」

剣を握るリクスの腕や、飛びかかろうとしていたトランや不良生徒達の足、シノやセレフィナ達の杖などが、あっという間に氷塊の中へ囚《とら》われていく。

気付けば、その場のほぼ全員が一瞬のうちに戦闘不能へと追い込まれていた。

「な、なんじゃこりゃあ……ッ⁉」

突然の出来事に、その場の誰もが困惑していると。

「ふふ……学院内での魔法を使用した私闘……感心しませんね」


一人の女子生徒が、リクス達の前に悠然と現れていた。

長く色素の薄い青髪。いかにも優しげな、やや垂れ気味の瞳の光彩は、琥珀《こはく》の金色。覗《のぞ》き込めば、まるで吸い込まれそうなほど深い。

穏やかな微笑《ほほえ》みがとても似合うその相貌は、精緻に整っていて美しく、大人びていると同時に母性も感じさせ、まるで豊穣《ほうじょう》の女神を思わせる。

上背《うわぜい》は同年代の少女達と比べると高く、プロポーションも抜群だ。

手足の先まできちんと気が行き届き、背筋が自然にしゃんと伸びているその佇《たたず》まいは、見ているこちらが思わず居住まいを正してしまいそうなほど気品に溢《あふ》れている。

そして、纏《まと》うローブの基調は青。つまり、リクス達とは異なる《青の学級》。

制服のタイの色から察するに、二年生——上級生だ。

そんな上級生の女子生徒が、凍り付いたリクス達の前に悠然と現れ、にこにこと微笑みながら、まるで女王のように宣言した。

「とりあえず、私がこの場を収めさせていただきますね。

皆さん、生徒会室までご同行願えますでしょうか？」

そんな女子生徒の姿を目《ま》の当たりにした不良生徒達が、にわかに目を見開き、震えながら叫ぶ。

「て、てめぇは……ルティル＝エストリア⁉」

「どうしてこんな所に⁉」

そんな不良生徒達の叫びに、リクスも何かに気付いたように目を見開き、叫ぶ。

「まさか、あの人が、あのルティル＝エストリアが来るなんて……ッ！

……で、誰⁉」

「知らねーのかよ。まぁ、そうだろうが」

ジト目で補足してあげるランディ。

「この学院の生徒達のトップに君臨する自治組織、学院生徒会……そこの会長さんだよ。

要するに導師達を除けば、この学院で一番偉い人だ。

ついでに、家名からわかるとおり、このエストリア公国の公女様だ。そういう公的な立場も含めると、なかなか偉さの序列が複雑になる気がするけどな……」

「なるほど、公女ってことは、この国のお姫様か！　つまりセレフィナと似たような身分

の人ってことだよな？　な？　セレフィナ？」

　同意を求めるように、リクスがセレフィナの方へ向き直ると。

「……セレフィナ？」

「……ッ！」

　当のセレフィナは、握る細剣《レイピア》ごと腕が凍らされているのも構わず、なぜかルティルを噛《か》みつくような目で凝視している。何らかの侮蔑と困惑をないまぜにしたような表情だ。

　そんなセレフィナを置き去りに、ルティルはどこまでも穏やかに一同へ語る。

「いかなる理由があろうとも、学院内における私闘は禁じられております。私は生徒会長として、今回のこの騒ぎの成り行きを明らかにし、関係者には然《しか》るべき処分を下さねばなりません。……ご同行願えますよね？」

　その語り口はとても優しげであったが。

　言葉の端々に、そこはかとない圧が感じられ、背筋の寒気を禁じ得なかった。

　そして、そんな圧力に簡単に屈するならば、不良生徒達も不良をやっていない。

「ああ!?　ざっけんなよ、ゴラァ!?」

「いっつも、いちいち上から目線で仕切りやがって……ッ！」

「てめぇら生徒会、目障《めざわ》りなんだよ!?」

「会長だか公女だか知らんが、関係ねぇ！　生徒会なんかぶっ潰してやらぁ⁉」

「俺達が、この学院のヘッドだぁああああああああ――ッ！」

不良達が炎の魔法を発動し始め、自分達を戒める氷塊を溶かしにかかる。

「ふふーんっす！　ねーちゃんが誰だか知らねっすが、トランはアニキの言うこと以外、聞く気ないっす～～っ！

そして、やられたらやり返すのが傭兵《ようへい》！

なんか偉そうでムカつくから、お前、もうブッコロっす～～っ！」

そして、傭兵の流儀に頭を完全にやられている上、世間における最低限の常識すら知らない、無邪気な猪突猛進《ちょとつもうしん》おバカ竜もいる。

トランが意気揚々と全身に力を込め、自身を戒める氷塊をバキバキと砕きにかかる。

「ああもう！　やめなさい！　話がややこしくなるから！」

「おい！　トラン！　待てって――」

トランを止めようと、シノとリクスも動こうとするが――

「――〝静粛に〟」

次の瞬間――世界が完全に凍った。

絶大なる凍気の魔力が渦を巻いて、大寒波となったのだ。

ルティルが優雅に左手を振るうと、辺りの気温が一気に氷点下を切って下がり、澄んだ金属音と共に、その場を凍《い》てつかせた氷塊が、瞬時に爆発的に成長した。

その左手の指には、蒼《あお》い宝石の輝く指輪――これが恐らくルティルの魔杖――が、壮絶な魔力を漲らせて輝いている。

その輝きに呼応するように成長した氷塊が、その場の一同を呑《の》み込んだのである。

「が、あ、ひぃ――ッ⁉　寒ぅうううう⁉」

「冷たぁあああい⁉　死ぬ⁉」

不良生徒達は、首の下まで完全に巨大な氷塊に閉じ込められ、氷漬けになっている。

「むぐ〜っ⁉　うぐ〜〜っ⁉　う、動けねっす〜っ！」

トランも同じく、首の下まで氷漬け。恐るべきは、トランの壮絶なる竜の膂力《りょりょく》をもってしても、この氷縛を打破できないということだ。

「く――ッ⁉　重い……ッ⁉　こ、これは……ッ⁉」

剣を握る右腕全体にかかる巨大な氷塊の重量に、リクスが思わずバランスを崩して膝を突く。どういうわけかこの氷、見た目以上に質量があるようだ。

こんな氷塊を腕に付けられては、いつもの速度は到底出せそうにない。

「……ちっ」

そして、シノも、ガッチリと凍らされて魔法の発動を完全に封じられた自身の杖を見下ろし、悔しげに舌打ちする。

（なんて魔力……今の貧弱な私じゃ、単純な魔力差で解呪できないわね……）

十把《じっぱ》一絡《ひとから》げの不良生徒達はともかく、リクス、トラン、シノといった強者達まで、瞬時に完全無力化したルティル。

その事実を前に、ランディは震えのままに叫ぶ。

「おいおい、マジかよ……この学院の生徒会長って、こんなに強《つえ》ぇのか⁉　もう学生ってレベルじゃねーぞ、これ⁉」

「この実力……ひょっとして、導師の先生達も超えてるんじゃ……？」

傍観していたアニーも、ただただ驚愕《きょうがく》に口元を押さえて呆然《ぼうぜん》とするしかない。

「……フン。当然じゃ。あのルティルなのじゃからな」

ただ、セレフィナだけが、何か納得したようにそんなことを呟《つぶや》いている。その顔はなぜか、えらく不機嫌そうなしかめ面《つら》ではあるが。

「ふふふ……得意なんです、氷の魔法」

どこまでも、穏やかに、優しげに、ルティルが告げる。

その穏やかさと優しげな雰囲気が、この状況ではとてつもなく怖い。

「でも、私ってドジだから、たまに制御を間違えてしまうことがありまして……

たとえば、今、私がほんの少し魔力操作を誤り、その氷が少しだけ成長し過ぎて、皆さんの口や鼻まで覆ってしまったりしたら……まぁ、大変。どうしましょう？」

ぞっと青ざめるしかない不良生徒達。

「皆さん、生徒会室まで……ご同行願えますか？」

首を縦にブンブン振るしかない不良生徒達。

「……従うしかなさそうね」

「だなぁ……俺、今度こそ退学かなぁ……？」

ため息を吐《つ》くシノとリクス。

そんな大人しくなった一同を前に、ルティルが胸元で手を合わせて、朗らかに笑った。

「ありがとうございます。ご協力感謝しますね、皆さん。

大丈夫……決して悪いようには致しませんから」

その笑顔はとても眩《まぶ》しく、神々《こうごう》しく、まさに女神のようであった——

第二章　公女様と皇女様

「さぁさぁ、どうぞ、皆さん。遠慮なく」

「「「「…………」」」」

ニコニコと微笑むルティルと、キラキラ輝く豪華なお茶会セットを前に、どうリアクションしていいかわからず、リクス達は固まっていた。

学院内で起こした乱闘騒ぎの咎《とが》で生徒会室に連行され、生徒会のメンバー達からそれぞれ事情聴取を受けたのが、先刻の話。

その後、しばらくの間、待機室という名の牢獄《ろうごく》結界が張られた部屋に軟禁状態で拘束されていると、やがてルティルに呼び出される。

一体、どんな沙汰が下るのかと戦々恐々としながら、生徒会のメンバーに連れて行かれた先は、生徒会室の奥に面した広々としたテラスに築かれた屋上庭園。

そこでは、朗らかな歓迎の笑みを浮かべたルティルが待っており、用意された豪奢《ごうしゃ》な丸テーブルに、高価な茶器セット一式と、三段トレーに用意されたスコーンやケーキなどの山ほどのお菓子があった。

空は快晴。風もなく、穏やかな陽光が降り注いでいる。

よく手入れの行き届いた屋上庭園は、色とりどりの草花が咲き誇り、どこを見ても美しい。

まさに絶好のアフタヌーン・ティータイムである。

「一体、どういう風の吹き回し？」

さすがにこのあからさまな対応を怪しみ、シノがお茶や菓子に手をつけず、ルティルを冷たく横目で見る。

「貴女《あなた》達生徒会は、件《くだん》の乱闘騒ぎの関係者として、私達を連行・軟禁していたに過ぎないはずよね？　一転してこの対応……バカでも裏を疑うわ」

「まったく、シノの言うとおりですよ、ルティル先輩！　そんなんじゃ、どうぞと言われても、こんな高級そうなお茶やお菓子に手を付ける気なんて湧きませんよ！」

シノに同意しながら、リクスはトランと一緒に、出されたお菓子を手づかみでバクバクと片端から食べ、ぐび～っ！　と紅茶を飲み干した。

「手ぇ付けてるじゃないのぉおおおおおおおおおお――ッ⁉」

シノの杖先から放たれた猛烈な突風が、リクスを殴りつけ、吹き飛ばす。

「手を付ける気が湧かないとは言ったけど、実際に手を付けないとは言ってない！」

「このおバカ！」

地面に倒れ伏し、キリッ！　とシノを見上げて親指を立てるリクスを、ぐしぐしと踏みつけるシノ。

「はぁ～～、シノはわかってないっすねぇ。傭兵は食べられる時に食べるもんっす。そんなんじゃ、将来、立派な傭兵にはなれないっすよ？」

「ここ、魔法学院なんだけど⁉　いいから食べるのやめろ！」

相変わらずもの凄《すご》い勢いでパクパク食べているトランへ、シノが吠《ほ》えかかる。

「えーっとぉ……でも、実際、どういうことっすか？　これ」

話が進まないので、ランディが頭を掻《か》きながら、ルティルに説明を求める。

「どういうこととは？」

「いや、その……そっちから見たら、俺達って乱闘に関わった問題児ですよね？　のわりにはなんかこう……妙に扱いが良すぎると……」

するとルティルはしばらく目をぱちぱち瞬《しばたた》かせて、やがておかしそうにコロコロ笑い始めた。

「ふふっ、ランディ君ったら。ひょっとして私達生徒会のことを、学院に不都合な生徒を一方的に粛正する強権的な恐怖政治集団だと勘違いしていませんか？」

「えっ？　いや、そんなことは……」

「言葉を濁す必要はありません。学院の生徒達が、私達生徒会に対してそのような印象を抱いていることは重々承知ですから」

特に気分を害した様子もなく、ルティルが穏やかに言った。

「〝汝《なんじ》、望まば、他者の望みを炉にくべよ〟……そんな性《さが》を持つ魔術師達の学校だからでしょうか？

確かにこの学院には、本っ当に問題児達が多くて……次から次へと大小様々な問題を引き起こすので、私達生徒会は、それを御するため、時に強権を振るったり、重い罰則を科すことがあります。

そのせいで、私達を怖がり、敬遠してしまう生徒達も多いですが、それも全てはこの学院に集う生徒達のためなんです」

「私達のため……？」

目を瞬かせるアニーに、ルティルが優しく頷《うなず》く。

「魔術師の発展と成長は、己の意思と発想と活動の自由の中にこそあります。

魔術師の卵たる私達にとっては、特にそうです。

ゆえに、全てを学院上層部から管理され、大人に決められた規則とカリキュラムにのみ縛られてしまうような環境はよろしくない。

だけど、〝生徒達は公私含めて厳しく管理すべき〟という意見は、常に上層部に存在しています。だからこそ、私達がいるんです。

学院上層部から自由な活動と研鑽《けんさん》を奪われないため、生徒達自ら自由に対し責任を負い、自治的・自浄作用的に学院生活の秩序の維持と管理を行う……そのために、学院上層部から統治権と執行権を拝領した機関が、私達生徒会なのです」

そんな話を聞いて、ランディとアニーは、この学院に様々な部活動と同好会が存在し、それぞれ自由な活動や研究を、常日頃行っていることを思い出す。

週末は許可さえ取れば、自由に学院の外へ出て遊ぶことができることも思い出す。

確かに一昔前なら、先達《せんだつ》の頭の固い魔術師達から「余計なことをするな、先達の言うことだけ聞け、遊ばず勉強しろ」と説教されそうな状況だ。

なるほど……という表情で頷くランディとアニーへ、ルティルがさらに続ける。

「そんな強い権力を持った私達だからこそ、それを振るう際には、細心の注意を払うようにしています。可能な限り公正に、平等に。

先ほどの乱闘騒ぎ、関係者各位からしっかりと事情を聞き、そして、周囲への聞き込みも重ね、しっかりと裏付けを取ってきました。

貴方達《あなた》に、非はまったくありません。ちょっと過剰防衛のきらいのある方もいらっしゃいますが、相手の危険度と、ことの経緯を考えれば目を瞑《つぶ》れる範疇《はんちゅう》です。

公正で慎重な裁定のためとはいえ、貴方達の貴重なお時間を取らせてしまって、本当に申し訳ありませんでした」

丁寧に頭を下げるルティル。

「ほっ……そ、そっすか……」

「よかったね、皆！」

お咎めなしということで、ほっとするランディとアニー。

「ああ！　ルティル先輩が良い人、アンド立派な人で良かった！」

床でシノにのし掛かられているリクスも、喜びの表情を露《あら》わにする。

と、その時である。

「フン。なーにを、すっかり丸め込まれておるか」

どこか不機嫌そうな呟《つぶや》きが辺りに響き渡る。

その呟きを発した主は、セレフィナだ。

椅子に座り腕組みをして、組んだ足をテーブルの上に投げ出している。

彼女らしからぬ、そのはしたない様に、アニーは驚きを隠せない。

「ど、どうしたの？　セレフィナさん」

「はぁ……皆、その女の美辞麗句に惑ったか？　まったく呆《あき》れたお人好《ひとよ》しじゃな。

無論、汝《なれ》らのそれは美点ではあるが……将来が少々不安にもなってくる」

セレフィナが、変わらず穏やかな笑みを浮かべているルティルを流し見る。

「信念と主張は立派じゃがな、それだけで、ただの学院内の一乱闘騒ぎの関係者を、こうまでして、生徒会長自ら持て成す理由にはなるまい？」

「そ、そう言われれば……」

「……確かに……」

指摘されて、我に返るランディとアニー。

「な!?　皆、何を言っているんだ!?　それはルティル先輩が良い人で、立派な人だからに決まってるじゃないか！　だから、遠慮なんてする必要ないんだ！　バクバク！」

「貴方、ただお菓子が食べたいだけでしょう!?」

お菓子を食べまくるリクスのほっぺを、シノは背後から両手で摑《つか》み、左右へぐに～っと引き伸ばす。

そんなリクスとシノの騒ぎを尻目に、セレフィナがルティルへ問う。

「ルティル。いい加減、本題に入ってくれんかの？　余らとて暇ではないのだ」

「あらあら、セレフィナ……もう昔のように〝姉様〟とは呼んでくれないのね……私、寂しいわ……」

「ええい！　話が進まぬ！」

だんっ！　セレフィナがテーブルに拳を振り下ろす。

それで、一同の「え？　知り合い？」と、聞きたげな雰囲気を封殺する。

だが、そんなセレフィナの苛立《いらだ》ちをさらりと流しつつ、ルティルは言った。

「そうですね……実は、以前から個人的に貴方がた……特にリクス君と、こうしてお話の席を設けたいと思っていたのは事実なんです。今回は良い機会だと思いまして」

「え？　俺と？　なんで？」

シノによって頭をテーブルに押しつけられているリクスが訝《いぶか》しげに、対面に腰掛けるルティルを見上げる。

すると、ルティルは居住まいを正してリクスを真《ま》っ直《す》ぐ見据え、朗らかに微笑《ほほえ》みながら言った。

「リクス君。貴方……生徒会に入りませんか？」

その瞬間、一同沈黙。

しばらくの間、一同が目をぱちくりさせて、硬直して。

「「「ええええええええええええええええええええええ――――っ⁉」」」

やがて、セレフィナ、ランディ、アニーが素っ頓狂な叫びを上げていた。

「もちろん、すぐに正式な生徒会メンバーというわけには行きません。しばらくは外部協力者という形での生徒会への参加になります。

ですが、いずれ正式に生徒会のメンバーとして採用することを視野に入れています。

どうでしょうか？　ご検討くださいませんか？」

そして、この予想外のルティルの勧誘に、各々《おのおの》が口々に言葉を発する。

「フン。貴女、一体何を企《たくら》んでいるわけ？　こんな毒劇物、栄えある生徒会に入れても、百害あって一利なしよ?」

と、シノ。

「そ、そうっすよ！　どうか冷静になって考え直してくれませんかね⁉　エストリア魔法学院生徒会の有史以来の汚点になりかねないっすよ⁉」

と、ランディ。

「まったくじゃ！　乱心したか、ルティル！　リクスを採用するくらいなら、まだオークかゴブリンの方がマシじゃぞ⁉」

と、セレフィナ。

「ル、ルティル会長、きっとお疲れなんですよね⁉　そうですよね⁉　でないと、そんな悪夢の発想、出てくるわけが……」

と、アニー。

そんな仲間達の鬼気迫る姿を前に。

「友達って、なんだろう——?」

リクスはどこまでも、遠く爽やかな笑みを浮かべていた。

「まぁまぁ、皆さん、落ち着いて」

すると、その余裕の笑みを微塵《みじん》も揺るがさず、ルティルが続ける。

「私だって、何も酔狂で、このようなお誘いをしているわけではありませんよ？」

「ほ、ほう？　では何故《なぜ》、リクスなのじゃ？」

セレフィナが、ルティルへ噛《か》みつくようにそう言うが。

「ふふ……セレフィナ、貴女《あなた》はとても聡《さと》い子です。リクス君の価値……貴女が一番よく知っているのでは？」

「……ッ⁉」

そんな風に返され、セレフィナは思わず言葉を失ってしまう。

そんなセレフィナを優しく一瞥《いちべつ》して、ルティルが話をさらに続ける。

「学院内における様々な問題に対処するため、学院生徒会は常に人手不足です。

私達生徒会は、常に優秀な人材を欲《ほっ》しています。

ですが……時に危険な仕事にも対処しなければならないため、生徒会を構成するメンバーは、生中《なまなか》な実力の者では務まりません。

その点、リクス君はどうでしょう？

調べた所、地獄のような東部戦線で活躍した歴戦の傭兵《ようへい》、強大な海魔《かいま》をも退ける確かな武勇、《祈祷派《きとう》》の上位会員や、〝魔王遺物〟持ちの魔術師すら撃破したという実績、さらには古竜種を己《おの》が召喚獣とした快挙。

それに何より、リクス君は、あの——……」

何かを言いかけ、ルティルがこほんと咳払《せきばら》いする。

「……とにかく、通常の魔法やスフィアが使用できないというマイナス面もありますけど……上に立つ者として、これほどの人材を勧誘しない手はありません。

そうですよね？　セレフィナ」

「……ふん」

なんだか複雑な表情で、セレフィナがそっぽを向く。

「繰り返しますが、私達生徒会は、常に優秀な人材を欲しています。

先ほどの不良生徒達はまだまだ小物ですが、最近は様々な問題児達が現れ始め、その対処にいくら手があっても足りないほどです。

さらには《祈祷派》——学院上層部と連携して、彼らの活動へ対処するのも、私達生徒会の重要な仕事です。私達には戦力が必要なんです。

リクス君……どうか、生徒会に入っていただけないでしょうか？」

穏やかに微笑んではいるが、真っ直ぐリクスを見つめるルティルの瞳は、真摯そのもので。

「……シノ。ちょっと離してくれないかな？」

「………」

だからこそ、リクスも真摯に対応せねばと思い、自分をテーブルに押さえつけているシノを促して解放してもらい、居住まいを正して立ち上がる。

「ルティル先輩。俺……魔術師になりたくて、この学院に来ました。

魔術師になって……将来、戦いとは無縁の職業に就き、可愛《かわい》い嫁さんもらって、孫達に囲まれてベッドの上で死にたいんです」

「何度聞いてもしまらねーな」

「もうちょっと、対外用のマシな言い訳、用意すべきじゃなかろうか」

ランディやセレフィナの、ジト目の突っ込みをスルーして、リクスが続ける。

「で、俺がなんでそういう将来を目指してるかっていうと、もう戦いとか、争い事とか……傭兵時代でうんざりしてるんですよ。

やっぱり、戦いでは何も変わりませんし、何も生まれませんでした。

戦うことしか知らなかった俺ですけど、将来は戦い以外のことで、この世界に貢献したいんです。胸を張って歩める、それ以外の道を見つけたいんです」

「リクス……貴方……」

「……ふっ」

　そんなことを考えていたのか。シノもランディも、リクスが照れくさそうに話す将来の展望に、優しげにリクスを見守っている。

「ルティル先輩は、戦う力としての俺を求めているんですよね？

　せっかく俺を見込んでくれてのお誘い、本当に申し訳ないんですけど、俺は――……」

「あ。もし、生徒会に入っていただければ、それはれっきとした実績ですから、リクス君が現在直面している、学年末の退学問題はすぐに解決しますよ？

　将来の就職先も、よりどりみどりです♪」

「――喜んで生徒会に入ろうと思います！」

　瞬間移動のように、一瞬でルティルの隣に移動し、がっしとルティルと熱い握手をかわすリクスであった。

「おい！　リクス、お前ぇ⁉　それでいいのか⁉

　わりと格好いいこと言ってたのに、本当にそれでいいのか⁉」

「戦うことでしか何かを変えられないなら……ッ！　戦うことで何か生まれるものがあるのなら……ッ！　俺は、そのために戦います！」

「言っておくけど、格好良くねーからな⁉　今さらそれっぽいこと言っても、全然、まったく格好良くねーからな⁉」

信念と意思が燃える瞳と決意の表情で宣言するリクスへ、ランディがギャーワーと騒ぐ。

そんな二人の騒ぎをニコニコ穏やかに眺めながら、ルティルが言った。

「ふふ、交渉成立ですね。良き人材を引き入れることができて本当に良かった」

「はぁ……また、厄介なことに……」

「だ、大丈夫かなぁ、リクス君……」

そんな風にため息を吐《つ》くシノやアニーへ、ルティルが振り返る。

「確かに、私が一番生徒会へお誘いしたかったのは、リクス君ですが……私は、リクス君のお仲間である貴女達全員、高く買っているんですよ？

シノさん、アニーさん、ランディ君、どうです？　リクス君と一緒に生徒会に入りませんか？」

「……、遠慮するわ。私、凡人だし」

一瞬言葉に詰まったものの、シノはけんもほろろに突っぱねる。

「わ、私も……その……まだまだ私じゃ力不足だと思いますから……」

アニーもやんわりと辞退する。

「同じく。それに、今の俺には、専念したいことがあるからな」

ランディも丁重にお断りした。

「あらあら、ご謙遜を……ですが、これればかりは無理強いできませんからね。残念です」

断られても、ルティルは穏やかな笑みを崩さない。

どうにもルティルの心の底は見えそうになかった。

「さて、それではお話はこれで終わりです。これも良い機会。後は互いの親睦を深めるために、お茶会と――」

と、その時である。


「余は反対じゃ！　話を勝手に進めるでない！」


がたん！　と椅子を蹴って立ち上がり、そう言い放つ者がいた。

セレフィナである。

「リクスはな、余の臣下なのじゃ！

余を差し置いて、汝《なれ》がリクスを配下にするじゃと!?

そんなの、オルドラン帝国皇女セレフィナが、断じて認めぬ！」

セレフィナがルティルを真《ま》っ直《す》ぐ睨《にら》み付ける。

「…………」

ルティルが穏やかで優しげな瞳のまま、セレフィナの烈火の視線を受け止める。

まるで、視線と視線で火花が散りそうであった。

息が詰まりそうな無言の視線の鍔《つば》迫《ぜ》り合いに、最初に水を差したのはルティルだ。

「そうは仰《おっしゃ》られても、セレフィナ。ここはオルドラン帝国じゃありません。貴女がそう仰ったところで、何の決定力もありませんよ？」

「そんなことはわかっておる！

今の余は何の力もない一生徒に過ぎぬ！　それは重々承知！

じゃが、ルティル！　汝《なれ》にだけはリクスは渡さぬ！　ただの個人的わがままじゃ！」

「はぁ……お姉ちゃん、随分と嫌われちゃいましたね……昔はあんなに姉様、姉様と可愛かったのに……悲しいです……」

「ええい、黙れ！　白々しいわ！」

わざとらしく悲しげな素振りをするルティルを一喝すると、セレフィナがリクスを噛みつくように振り返る。

「リクス！　答えよ！　汝《なれ》は、どちらの下につくことを望む⁉

後にこの世界を支配する圧倒的大器、オルドラン帝国皇女である余か⁉

それとも、なんかこの胡散臭《うさんくさ》い、ぽっと出のエストリア公国公女ルティルか⁉」

「ルティル先輩」

「畜生！　わかってたけど、はっきり言われると腹が立つの！」

セレフィナが涙目になって頭を抱えて、ぶんぶんしていた。

「まぁ、リクス君はそう言ってくれていますけど、他の皆さんは異議ありますか？」

「別に？　リクスが望むなら、私に止める権利なんてないし」

「……だな。正直、あんまオススメしねーけど、リクスがやりたいんじゃな……」

「うん……そうだね……ちょっと不安だけど……」

「なんだかよくわからねっすけど！　偉い人に名指しで雇われて凄《すご》いっす！

さっすがアニキ！　ガンバ！」

シノ、ランディ、アニー、トランは概《おおむ》ね肯定的だった。

「ほら。お仲間さん達もこう仰ってますし」

「ぐぬぬぬ……」

余裕の表情のルティルに、セレフィナが悔しげに歯噛《はが》みして。

「仕方あるまい……背に腹は代えられぬ」

セレフィナが何かを決意したように宣言した。

「……余も、リクスと共に生徒会へ入る」

「えええええ!?　ま、マジかよ、姫さん!?」

「せ、セレフィナさん、どうして……?」

驚愕《きょうがく》する仲間達を尻目に、セレフィナがルティルへ迫る。

「ルティル。汝《なれ》は元々余らを全員、生徒会へ勧誘するつもりだったのじゃろ?　だったら、問題なかろ?」

フンと鼻を鳴らしてそっぽを向くセレフィナ。

そんなセレフィナの言葉に、ルティルは呆気《あっけ》に取られたように目を丸くして。

次の瞬間、花咲くように笑い、セレフィナへ歩み寄り、その手を強引に取った。

「本当にいいのですか!?　セレフィナ!　ふふっ、やったぁ!」

その一瞬だけ、普段の大人びた様子は鳴りを潜め、まるで子供のようであった。

「もちろん、歓迎します!　ありがとうございます!

ああ、また貴女《あなた》と一緒にいられるなんて……夢のよう!」

「汝《なれ》の下につくのは業腹《ごうはら》ものじゃし、できればもう一生、汝《なれ》と関わり合いになりたくなかったがな……」

「それでも嬉《うれ》しいわ！　これからよろしくお願いしますね！　セレフィナ！」

「フン……」

二人の間に漂う奇妙な温度差に、顔を見合わせるしかない一同。

こうして、リクスはセレフィナと共に、生徒会の門を潜《くぐ》ることになるのであった。

第三章　思惑

「この粗忽者《そこつ》！　頓馬《とんま》！　バカ者！　愚鈍！　蒙昧《もうまい》！　後は、えーと……バカ者！」

「あはは、セレフィナ。もうそれ言ったよ」

「大事なことだから二回言ったんじゃ！」


──放課後。

リクスとセレフィナが、学院校舎内の廊下を二人並んで歩いている。

早速、本日から生徒会の仮メンバーとして活動をするために、生徒会室へと向かっているのだ。

「大体、リクスのくせに何が生徒会じゃ！　汝《なれ》は、シノと共に錬金術部に入ったのではなかったか⁉」

「掛け持ちでもいいって、エルシー先輩も、ルティル先輩も言ってたじゃん。実際、部活動と掛け持ちで生徒会やっている人もいるって」

「身の程を弁《わきま》えよ！　汝《なれ》は魔法使えないんじゃぞ⁉

多岐にわたって卓越した魔法の才を持つ、成績優秀な連中とは話が違う！」

リクスの胸を指で突《つつ》き、セレフィナがふかーっとまくし立てる。

「そんなんじゃから、余が入りたくもない生徒会に入る羽目になるんじゃ！　あの女と再び関わり合いになってしまったんじゃ！　どうしてくれる⁉」

「うーん……セレフィナ、俺、わかんないことがあるんだけどさ。聞いていいかな？」

リクスが不思議そうに小首を傾《かし》げながら聞いてくる。

すると、セレフィナは腕を組み、ふんと鼻を鳴らしてそっぽを向いた。

「余とルティルの関係か？　いいじゃろ、少し話してやる。

と、いっても、そう複雑な話ではない。

余のオルドラン帝国皇家と、ルティルのエストリア公国王家は、古くから盟友関係にある間柄でな。彼奴《きゃっ》とは幼い頃から何かと付き合いがあった……幼馴染《おさななじ》みというだけじゃ。

幼い頃は、まるで本当の姉妹のように、よく一緒に過ごしたものじゃ……」

そこで、セレフィナが微《かす》かに切なげに目を細める。

「そうじゃ……あの頃は――……」

もう戻らない日に思いを馳《は》せている、そんなセレフィナに。

「や、ごめん、セレフィナ。ぶっちゃけそれはどうでもいい」

リクスがデリカシー皆無な発言で、セレフィナの哀愁をぶった切っていた。

「酷《ひど》い男じゃの、汝《なれ》は！　もっとこう――何かないの⁉　なんで仲が悪くなったの？　とか、一体、二人の間に何があったの？　とかさぁ⁉」

「そんなの聞かずともわかるよ。俺も傭兵《ようへい》時代、昨日まで戦友だと思っていた奴《やつ》が、今日は突然、敵になって襲いかかってきたことが何度あったことか……」

そう言うと、リクスが悲しげで切なげな笑みを浮かべて、セレフィナの肩を叩く。

「セレフィナ。お金って怖いよな」

「余らを傭兵共と一緒にすなぁあああああああああああ――ッ⁉」

リクスの頭を両手で鷲摑《わしづか》みにし、ブンブン左右へ激しくシェイクするセレフィナであった。

「はぁーっ！　はぁーっ！　やっぱ、汝《なれ》と話していると疲れるわ！」

「そうか？　俺はセレフィナと話していると楽しいけどな」

「黙れ、この天然ジゴロ！　発言に下心がないから余計に性質《たち》が悪いわ！」

「……？　まぁ、とにかくさ。俺がわからないっていうのは、なんでセレフィナが俺と一緒に、生徒会に入ってくれたかってことさ。

だって、嫌いなんだろ？　ルティル先輩のこと。別に無理する必要ないじゃん？」

「ねえ？　汝《なれ》、マジで言ってる？　余、キレそうなんじゃが？」

セレフィナが顔を真っ赤にしながら、細剣《レイピア》の柄《つか》を握りしめ、ぷるぷるしている。

「なぁ、リクスよ。汝《なれ》は、ルティルのことをどう思う？」

「ルティル先輩？　公明正大で、優しくて、頭良くて、おまけに強くて、とても立派な人だなぁと。おまけに美人だし、胸も大きいし。

ちょっと天然っぽいけど、控えめに言って最高の先輩じゃない？」

「フン、やはりそういう雑感か。フン、これだから男は……すっかり彼奴《きゃつ》の外面《そとづら》に騙《だま》されおってからに……」

「それに美人だし、胸も大きいしな！」

「どやかましや！　それはもういいんじゃ、このバカッタレ！」

すると、セレフィナが不機嫌そうに続ける。

「良いか、リクス。ルティルはな……とてつもなく腹黒い女だ」

「……っ」

「決して、あの外面や言動に騙されてはならぬ。

彼奴《きゃつ》はな、己《おの》が目的のためならば、なんだってする女じゃ。いつだってあの天使か女神のような微笑《ほほえ》みの裏で、計算高くえげつないことを画策している毒婦じゃ。

普段の言動にそこはかとない隙があるのも、全てあの女の計算のうち。それを撒《ま》き餌《え》に近づいてきた獲物を深淵《しんえん》に引きずり込んで捕って喰《く》う……そういう類いの怪物じゃ」

「…………」

「今思えば、不思議に感じぬか？　昼間、汝《なれ》が不良生徒共といざこざがあった時のことを。なぜ、あの時、あのタイミングで、あの女が介入したかを」

「……ふーむ」

「お陰で、あの女は自身の圧倒的な実力を見せつけ、汝《なれ》の抵抗意欲を奪って連行。沙汰待ちでビクビクしていれば、急に許され、あの女の寛大さや公正さを見せつけられて。

そして、続くあのお茶の席で、あの女の優れた人柄をアピールされ、感情の緩急格差で完全に警戒心が解け、むしろあの女に対して汝《なれ》が好感すら抱いた時、すかさず生徒会へ勧誘……いくらなんでも出来すぎじゃろ？」

「うーん……」

「考えてもみよ。こういった経緯なく、いきなり生徒会室へ呼ばれて勧誘を受けた場合、汝《なれ》は初対面のあの女の誘いに、素直に首を縦に振ったか？

余は、あの不良共、裏でルティルがけしかけたのではないかと思っておる。噂《うわさ》などを操作して間接的にな。たとえば、〝汝《なれ》があの不良共の陰口を叩いてる〟……とか」

「………」

難しい顔で押し黙るリクスへ、セレフィナはさらに続けた。

「あの女がこういう回りくどいことをやる時は、何かロクでもない思惑が、裏にあるに決まっておる。

あの女の狙いは、間違いなく汝《なれ》じゃ。正体不明の〝光の剣閃《けんせん》〟を持つ、最近、何かと学院内の事件の中心にいる希有《けう》な男。

あの女は一体、汝《なれ》に近づいて何を企《たくら》んでおるのか……とにかく、嫌な予感がする。

シノは《宵闇の魔王》。学院の上層部へ関わらせるわけにはいくまい？

ならば、余が汝《なれ》の目付役になるしかなかろうて？」

と、セレフィナが確信をもって、そうリクスに告げるが。

「セレフィナ……君がルティル先輩のこと大好きだってことはわかった！」

「一体、今の話のどこをどう解釈すれば、そうなるんじゃあああああ!?」

セレフィナは、良い笑顔で親指を立てるリクスの頭を両手で挟み、左右に激しくシェイクした。

「え？　いや、だって……ルティル先輩のこと、滅茶苦茶《めちゃくちゃ》わかってるじゃん？」

「だから、それは単に幼馴染みだから――って、ああもう！　本当、汝《なれ》と話しているとマジで疲れる！　余がバカみたいじゃ！」

「あはは、ごめんごめん！　でも、ようやくわかったよ！」

「何がじゃ⁉」

「セレフィナが、俺と一緒に生徒会へ入ってくれた理由。

要するに、俺のことを心配してくれたんだな？　ありがとうな！」

そんな風に屈託なく笑うリクスに。

「――なっ⁉　ばっ⁉　だ、誰が汝《なれ》のような唐変木のことなぞ――ッ⁉」

セレフィナが顔を真っ赤にして、手をわたわた動かし、しどろもどろになる。

「え？　違うの？」

「いっ、いやっ、違わな――じゃなくて、そ、そういうことはだな――ッ！　もっとこう
――言わぬが花というか、沈黙は金というか――ッ⁉」

「よくわかんないけど、やっぱ、俺、君のこと好きだ。良い奴だもん」

「――すっ⁉　え、ええい！　傭兵が戦友へ軽口叩く感覚なのじゃろが、女に向かってそういうことを軽々しく言うな――っ！」

セレフィナの脳の沸騰ぶりはいよいよ限界だった。目が混沌《こんとん》にぐるぐる渦巻いて、今に

も頭から湯気が立ち上りそうな勢いである。

「ま、なんかよくわかんないけど、ルティル先輩のことなら大丈夫だ、心配ない！」

リクスが自信満々に言った。

「ふんっ！　これだけ言って聞かぬか⁉　汝《なれ》にルティルの何がわかる⁉」

「いや、俺にはわかるね！　なにせルティル先輩は、絶世の美少女だし、スタイル抜群だし、色っぽいし、後、滅茶苦茶可愛《かわい》いし、胸も大きいし、何より美人だからな！」

「やっぱ、汝《なれ》、あの女の色香に惑わされてるだけじゃろが⁉　これだから、男はぁあああああああああああああああ――ッ⁉」

と、セレフィナが再び激高しかけた、その時。

「それに……多分、ルティル先輩も、君と同じく良い人だ」

「……っ」

リクスのそんな屈託も裏表もない、自信に満ちた発言に、セレフィナは思わず毒気を抜かれてしまう。

「……だ、だから、汝《なれ》に余らの何がわかると……ッ⁉　一体、何を根拠に……」

「勘だ。わりとよく当たる。お陰で今日まで生き延びた」

にっと笑うリクス。

「はぁ〜〜……」

顔を真っ赤にしたまま、眉間に皺《しわ》をよせ、深いため息を吐《つ》いてみせるセレフィナ。

「なんか、汝《なれ》に対して真面目に忠告するのがバカみたいじゃな……もう、知らぬ。好きにせい」

「おう。好きにさせてもらうぜ！　いやぁ、美人の先輩と生徒会活動楽しみだなぁ！」

「やれやれ。シノの普段の苦労がようわかるわ」

そんな風に、二人が話しながら歩いていると。

いよいよ、生徒会室の前に到着する。

扉の前では、ルティルが小さく手を振りながら、微笑みと共に出迎えてくれていた。


————。


「はーい、皆さん、注目〜。

彼らが、この度、私がこの生徒会執行部に新しく迎え入れたいと考えている新メンバー候補……リクス＝フレスタット君と、セレフィナ＝オルドランさんです。

拍手、拍手〜」

生徒会室内に通されると、リクス達は早速、中で待機していた生徒会メンバー達へ紹介され、まばらな拍手を受けた。

メンバーは、性別も、学年も、学級もバラバラの三名の生徒だ。

「へぇ……君達が会長お墨付きの？　僕は《白の学級》二年、ハロルド＝トレバーだ。広報をやってるよ。君達とは同じ学級の先輩でもあるね。よろしく！」

背が高く、線の細い、優しげな男子生徒が、穏やかに、親しげにそう言った。

「……《青の学級》二年。リズ＝ライブル。書記」

ショートカットで眼鏡の女子生徒が、本を読みながら顔も上げず、ぼそりと呟《つぶや》く。

「ふうん？　まぁ、どうでもいいけど。《赤の学級》三年、レミー＝リオハルト。会計をやらせてもらってるわ」

どこをどう見ても十歳前後の幼女にしか見えない、小柄な女子生徒が、値踏みするようにリクス達を眺めながら言った。

「あれ？　えーと……ルティル先輩？　生徒会のメンバーってこれだけなんですか？」

リクスが意外そうに聞く。

「今、ここにはいませんが、後、もう一人いますよ。基本、私とその人を含めて、五人で活動をしています」

「まじっすか？　なんかこう、この学院の生徒達の上に立つ組織っていうから、もっと大所帯かと思ったんすけど……意外と数が少ないっていうか……」

「ふふ。私達は、生徒会〝執行部〟ですからね。

実働的な仕事には、私達の手足となる下部組織として、各委員会が存在します。私達は、その各委員会を指揮・統括する立場です」

「なるほど。団長と各部隊長の寄り合いみたいなものか。しかし……」

リクスは、その場のメンバー達を見回してみる。

新参者の自分達に対し、それぞれ興味津々《きょうみしんしん》だったり、無関心だったり、面倒臭げだったりはするが、誰も彼も特にこちらを敵視・警戒はしてない。

生徒会のメンバー達は、皆、こちらの気が抜けるほど自然体だ。

だというのに——……

「……うーん。強いなぁ、この人達」

リクスは思わずそう呟いていた。

それは、リクスの戦士としての優れた感覚による確信だった。

もちろん、ルティルほどではないだろうが、全員、相当な強者達だ。

間違いなく、この学院の生徒達の中では最強クラスのメンバーだろう。

(なるほど……生徒達を統括するトップ組織……ね)

その看板に偽りないことをリクスは悟るのであった。

そして、そんなリクスの微《かす》かな警戒心を鋭敏に察したらしい。

「なるほど、さすが会長のお墨付きだけのことはあるなぁ……なんかもう、完全にバレちゃってるよ？　結構、念入りに隠してたつもりだったんだけどな……」

優しげなハロルドが参ったとばかりに笑う。

「セレフィナ殿下も、潜在魔力とスフィアが震えが来るほど凄《すご》いし……これは期待できるんじゃないかな？」

「ふんだ。ただでさえ、規則を無視してまで入れようとしている上、魔法も使えない一般人だってんだから、そのくらいじゃなきゃ困るのよ」

「…………」

小柄なレミーが腕を組んで鼻を鳴らし、眼鏡のリズは相変わらず読書のままスルー。

「で？　ルティル。彼らには一体、どんな仕事を任せるんだい？」

「そうよね。一応、今のところ、役職は大体、埋まっているから……あたし達の仕事の補佐役として働いてもらうって感じ？」

「うん。仮入会メンバーなんだから、それくらいが妥当かな」

「書記の私には要らない」

「となると、僕らの下……広報補佐か会計補佐って感じかな……？」

と、そのような感じで生徒会メンバー達が相談し始めていると。

ルティルがニコニコしながら言った。

「ふふ、リクス君には、〝渉外〟を務めてもらおうと思います」

すると、一瞬、生徒会メンバー達が固まって。


「「しょ、渉外ぃいいいいいいい──っ⁉」」


ハロルドとレミーが素っ頓狂な叫びを上げていた。

無関心を貫いていたリズですら、眼鏡を押し上げながら、本気？　とルティルを猜疑《さいぎ》の目で見ている。

「……渉外ってなんだ？　セレフィナ」

「一般的には、外部組織との連絡・交渉をする役職のことを指すが……くぅ、なんか厄介事の予感がプンプンしてきたぞ……っ！」

キョトンとしているリクスに、セレフィナがジト目で呟く。

すると、生徒会のメンバー達が口々に説明を始めた。

「あー……リクス君。この学院は、基本的に《白の学級》、《青の学級》、《赤の学級》と三つの学級に分かれているけど……生徒達個人の所属組織・派閥・学閥も数多く存在していることは知っているよね？」

「ええ」

「各委員会、各部活動、各同好会などは勿論《もちろん》のこと。その他にもごく少数で、魔法の共同研究を行っているチーム、周辺の遺跡探索活動をしているチームなどもあるのよ」

「公式・非公式を問わなければ、それこそこの学院には、星の数ほどの派閥や組織が存在することになるんだ。

先日、リクス君達が争った治安維持執行部や、不良生徒達のチーマー《マッド＝ドッグ》、さらには、あの憎き《祈祷派《きとう》》すらも、その一種さ。

そのため、生徒、組織、派閥間の軋轢《あつれき》は、この学院内では後を絶たなくてね……」

「ほら、もう薄々わかっているとは思うけどさ……魔術師って、皆、我が強いっていうか……アクの強い連中ばっかでしょ？　だからね……」

「おまけに、『秘密の部屋』など、学院の裏側に、学院上層部すら把握しきれない異界が存在するのをいいことに、水面下の闘争や紛争は、実は日常茶飯事だしね。

薄々想像つくだろ？　そんな紛争を解決する役割を持つのが、生徒会執行部であり、その矢面に立つのが渉外さ。

渉外は、そういった派閥間の軋轢の最前線に立ち、双方の主義主張を受け止め、そして、冷静に、理性的に、かつ公正に、両者間の紛争の平和的な解決方法を提案・調停する仕事なんだ。

そう。冷静に、理性的に、かつ公正に、両者間の紛争の平和的な解決方法の提案をね」

そこまで話を聞いたリクスが、腕組みをして神妙に頷《うなず》いた。

「なるほど。つまり──俺向けの仕事ですね？」

「何をどうしたら、そういう結論になるのじゃ？」

セレフィナがジト目で突っ込みを入れた。

「汝《なれ》、話、聞いておったか!?　聞く限り、脳みそ筋肉の汝《なれ》には、もっとも向いてない仕事じゃろが!?」

「失礼だなぁ。俺、交渉とか、仲裁とか、そういうの大得意なんだぞ？」

むっとしたように、リクスがセレフィナをジト目で睨《にら》み返す。

「むぅ……やけに自信ありげじゃな？」

「経験と実績があるからね！」

リクスが胸を張って、どや顔で続ける。

「俺、前の傭兵《ようへい》団にいた時は、他の傭兵団や顧客との調整や交渉役も務めてたんだ」

「マジで……？　な、汝《なれ》がそんな重大な役やってたの……？」

「傭兵も、傭兵を雇うような顧客も、一癖も二癖もあるような連中ばっかりだからね……軋轢も多くて、よく切った張ったの抗争に発展したもんさ」

「汝《なれ》に任せていた団長殿は、正気だったのかの？」

「でも（傭兵団の中では）知的な俺が、率先して交渉や仲裁を務めて、色々と見事に問題を解決したもんさ」

「よく戦争にならなかったの……？　よく死ななかったの……？」

「だから任せてくれ、セレフィナ。俺なら大丈夫——」

「他にもっとマシな人材はいなかったのかの……？

上手《うま》くやってたというが、それは汝《なれ》の妄想や幻覚じゃなかったのかの……？

戦場のストレスで、汝《なれ》が正気を失っていた可能性は……？」

「俺、どんだけ信頼ないのさ――っ⁉」

そんな風に、リクスとセレフィナが喧々諤々《けんけんがくがく》していると。

ルティルやメンバー達も言い争っていた。

「か、会長⁉　リクス君はああ言ってるけど！　でも渉外を仮メンバーの一年に任せるのは、厳しいんじゃないかな⁉」

「そ、そうよそうよ！　今まで生徒会執行部で、渉外を務めてきた歴代の先輩達は、皆、胃痛で病院行きになったでしょ⁉」

「……だからこそ、渉外の役職は廃止して、仕事は全員で持ち回りになったはず……ルティル、新人殺す気？」

責めるようなメンバー達の視線を、だが、ルティルは穏やかな笑みのまま受け止める。

「ですが、これからの学院生徒会に、渉外という役職は絶対に必要です。

生徒手帳にある学則をご覧ください。

渉外という肩書きを正式に背負うからこそ、発揮できる権限があります。

近年、こうまで生徒会の権威が落ち、一部の心ない生徒達が好き勝手し始めたのも、楽をしたいがために、その部分をなあなあにした先輩達の怠慢があったせい。

今こそ立て直すべきだとは思いませんか？　これからの学院の生徒達のために」

「いや、それは……確かにそう……だけど……」

「あたしも、そうは思ってたけど……」

「でも、セレフィナ殿下はともかく、リクス君、魔法使えないんだよね……？」

そんな風に、心配そうにちらちらリクスを見てくるメンバー達。

するとルティルがさりげなくリクスへ身を寄せ、ボディタッチと共に、耳元で甘く囁《ささや》いてくる。

「どうでしょうか？　リクス君。渉外の仕事……やってみてはくれませんか？」

「ルティル先輩……？」

「リクス君は私が見込んだ殿方……きっと、立派に務まると思うんです。バリバリ仕事をこなすリクス君の格好いい姿、私、見てみたいな……？　どうですか？」

すると、セレフィナがすかさず口を挟む。

「リクスよ。この腹黒女、露骨な色仕掛けに来たぞ。惑わされるな。よく考えて答えよ」

「わかってるさ。よく考えて答える」

すると、両のこめかみに指をあてて目を瞑《つぶ》って、しばらく沈黙して。

「やります！」

「わかってた！」

あっさりあっけらかんと答えるリクスに、セレフィナが頭を抱えた。

「色香に惑わされず、よく考えろと言ったじゃろうがぁあああああ⁉」

「考えたさ！　考えてもよくわかんないから、いいや！

それに、ルティィル先輩ほどの美人なら、惑うのは男として望むところだ！」

「そうじゃな！　汝《なれ》に考えさせた余がバカじゃった！」

「大丈夫だって！　本当に俺、傭兵時代は交渉ごと、得意だったんだってば！」

「汝《なれ》の交渉はどうせ、交渉（物理）じゃろが⁉」

「甘いな、セレフィナ。俺がそんな脳筋だと思うか？　交渉（お金）とか、交渉（人質）とかもあったぞ」

「なお悪いわぁあああああああああああ――っ⁉」

そんな風にリクスとセレフィナが言い合っていると、ルティィルがくすくす笑いながら、続ける。

「ところで、セレフィナ。貴女《あなた》は役職、どうしますか？」

「ぐぬぬぬ……嵌《は》めたな、ルティィル……ッ！」

どこまでも朗らかで穏やかなルティルへ、セレフィナが噛《か》みつくように言う。

「この状況で、リクスを放置できるわけなかろうが！　いいじゃろ、乗ってやる！　余も渉外じゃ！　文句言わせぬ！」

「あら、本当に⁉　ありがとう、セレフィナ！　嬉《うれ》しい！　人手不足だったから、本当に助かるわ！」

「ええい、白々しいわ！」

にっこり笑うルティルへ、セレフィナが吠《ほ》えかかった……その時だった。


「いい加減にしろ！　ルティル！」


その場に、冷や水を浴びせるような叱責が響き渡っていた。

気付けば、生徒会室の扉が開け放たれ、一人の男子生徒が姿を現していた。

緩くウェーブのかかった太陽のように明るい金髪に、宝石のような碧眼《へきがん》の男子生徒だ。

鋭く攻撃的な美貌の持ち主で、上背《うわぜい》も高く、いかにも貴公子然としている。

身に纏《まと》うは赤のローブ。《赤の学級》らしい。

「……誰？」

リクスがぼそりと疑問を呟《つぶや》くと、それを耳聡《みみざと》くハロルドが拾った。

「三年のカークス＝エイヴィーズ先輩だよ。この生徒会執行部で副会長を務めてる。まぁ……ルティルの右腕だね」

「ほう。右腕」

そんなリクスを忌々《いまいま》しげに一瞥《いちべつ》すると、カークスは、穏やかな笑みを崩さないルティルへ、穏やかではない形相で詰め寄っていった。

「これは一体、どういうことだ⁉　俺に何の相談もなく、勝手にこんな奴《やつ》らを生徒会に加えるつもりだなんて！　いくらお前が会長だといっても、こんな横暴が許されると思っているのか⁉」

すると、生徒会の面々のジト目が、ルティルへと集まっていく。

「あの……ルティル。ひょっとして……？」

「カークスに、話、通してなかったわけ？」

「はい。話すと面倒なことになりそうでしたので……」

「「なんだそりゃあああああああああああ――っ⁉」」

まるで悪びれもせず、堂々とのたまうルティルに、生徒会の面々が頭を抱える。

「ねぇ、セレフィナ？　これって……」

「うむ……何やら雲行きが怪しくなってきたのう」

そんな風にぼやき合いながら、リクスとセレフィナは、ルティルとカークスのやり取りを見守るしかなかった。

「とにかく、俺は認めん！　見たところ、こいつらは一年だろう⁉

生徒会への入会資格は二年生からだ！　それが規則だ！」

「ですが、私達が人手不足なのは事実です。

いつまでも、格式ばった従来の規則に囚《とら》われていては駄目だと思います。

そもそも、私達はよりよき学院の未来のため、旧態依然とした現在の校則や仕来りを改革していくことを公約として掲げていますよね？」

「そ、それはそうだが！　それにしたって手順というものがある！

それに、栄えある生徒会にこのような、能力不足の未熟な一年坊共を入会させるなど、断じてありえない！

しかも、あの渉外を任せるだと⁉　無理に決まってるだろ！

俺達は、学院生徒達の規範となり、そして秩序を守る生徒会だ！

そんな生徒会に所属する者は、その肩書きに相応《ふさわ》しい実力は当然、生徒の模範たる品位を兼ね備えていなければならないんだ！」

そんなやり取りを前に、セレフィナが肩を竦《すく》めてリクスへ言った。

「リクスよ。生徒の模範たる品位、じゃとよ？」

「そうか……じゃあ、残念だったな、セレフィナ。でも、俺一人でも頑張るからさ」

「汝《なれ》のその謎に無敵な自己肯定感は一体なんなんじゃ？」

セレフィナがジト目で、こめかみをピクピク震わせながらぼやく。

「あら……カークス先輩はこの二人の何をご存じなのでしょうか？」

「この二人のことなら知ってるさ。有名だからな。

そっちの女は、オルドラン帝国皇女、セレフィナ＝オルドラン。

ふん、天才だのなんだのともて囃《はや》されてはいるが、所詮、魔法後進国の出。

たかが知れている！　お呼びじゃないな！

そして、そっちの男は、リクス＝フレスタット。最近、とみに学院を騒がしてる問題児だ。古竜種を召喚獣にしたかどうだか知らないが、魔法を使えない一般人なぞ、話にならん！　しかも元・傭兵だと⁉　穢《けが》らわしいにも程がある！」

そんなやり取りを前に、セレフィナが言った。

「リクス。この男のこと、余はまだ深く知らんが……嫌いじゃ」

「偶然だな。俺もちょっと関わり合いになりたくないなー、こういうタイプ」

そうこうしているうちに、カークスの言《げん》はますますヒートアップしていった。

「とにかくだ！　このような連中は、俺達生徒会に相応しくない！

この俺が断じて認めん！　一年坊共にはお引き取り願え、ルティル！」

副会長であるということも相まって、生徒会内におけるカークスの発言力は相当に強いようだ。

その他のメンバーも、気まずそうに押し黙っているだけであった。

（これ、無理じゃね……？　ははは、短い夢だったか……）

リクスが肩を竦めながら、諦めていると。

「却下です、カークス。リクス君とセレフィナは、採用します。会長権限です」

「……なっ⁉」

にこやかに断言するルティルに、カークスが呆気《あっけ》に取られる。

「ふ、ふざけるな、ルティル……っ！　横暴にも程があるぞっ！」

「横暴？　横暴はどちらでしょうか？」

「なんだと？」

「私は、リクス君とセレフィナを高く買っています。生徒会に相応しい能力を持っていると確信しています。

実際――学院上層部からは、彼ら二人を迎え入れても何も文句は出ないでしょう。魔術師としての才気溢《あふ》れるセレフィナは当然。リクス君も古竜種を召喚獣として掌握している希有《けう》な人材ですから。

もちろん、それでも二人の能力を疑う者がいるだろうことも重々承知。だからこそ、私は慎重を期し、試用期間を設けて、二人の能力が、生徒会に相応しいかどうかテストしようと提案しているのです」

「くっ……そ、それは……」

「だというのに、貴方《あなた》は貴方個人の独断と偏見で、それを突っぱねる。

あまつさえ、正式に二人の能力を試そうともしない。

世間的に横暴に見えるのは、果たしてどちらでしょうか？」

（相変わらず、上手《うま》いの、ルティル……）

セレフィナは呆《あき》れ半分、感心していた。

正直、横暴はどっちもどっちなのだが、あのように言い回すと、途端、カークスの方に非があるように見えてくる。物は言い様だ。

そして、トドメに。

「……わがまま言ってしまって、ごめんなさい、カークス先輩」

カークスが反論しあぐねていると、ルティルが突然、ペコリと頭を下げた。

「本当は、先輩が言っていることの方が正しいのは……私もわかっているんです。

でも、私なりにこの生徒会のことを、学院のことを考えた結果なんです。

どうか……私のわがまま、聞いてくださいませんか？

この埋め合わせは後日、必ずいたしますので……」

ルティルは可愛《かわい》らしく、小悪魔っぽく微笑《ほほえ》んで、手を合わせていた。

（こ、此奴《こやつ》ぅうううううううううう⁉）

セレフィナはこのルティルのムーブに、寒気と嫌悪《けんお》を覚えて悶《もだ》える。

（自身で追い詰めたカークスのフォローに入りおった⁉　カークスのプライドを傷つけないよう、自ら一歩引いて、カークスの面子《メンツ》をしっかり立ててきよった⁉）

つまり、この場の状況は、〝ルティルがカークスを言い負かした〟……ではなく、〝カークスがルティルのわがままを、寛大に許してやった〟という、カークスが自身の器を証明できる構図にガラッと変わる。

カークスが自身の面子を保つための逃げ道としては、最上級だ。

（しかも、これ！　相手に、自分へのある程度の好意があるとわかってないと、成立せん説得ムーブじゃ！）

好意がなければ、頑《かたくな》に突っぱねて敵対する可能性があるが……好意があれば、このルティルの用意した逃げ道に乗るしかない。むしろ乗りたい。

惚《ほ》れた相手の前では格好をつけたい……それは全国共通、悲しい男の性《さが》である。

（つまり……ルティルのやつ、わかっておるな!?　自分の可愛さと魅力を！

恐らくカークスがルティルに、女性として懸想《けそう》していることを、よ～く理解しておる！

だからこそのこのムーブじゃ！　相変わらず、とんだ悪女じゃ！）

果たしてセレフィナの予想通り――

「ちっ……お前がそこまで言うなら仕方ない。

そこまで言うなら、その二人のこと、試してみてやらなくもない。

だが、少しでも相応しくないとわかったら、俺は絶対に認めないからな！」

いかにも尊大で、仕方ないな……という雰囲気を醸《かも》し出しているが、カークスは、恐らくルティルの計算と思惑通りに折れた。

その証拠に、不機嫌さを装《よそお》ってそっぽを向くカークスの頬には、微《かす》かに照れたような赤みがさしているし……

ルティルの口元には薄ら寒い笑みが、すっと一筋浮かんでいる。

「ふふ……良かったです。これで二人を迎え入れることができそうです！」

そして、ルティルはリクスとセレフィナの方を振り返り、嬉《うれ》しそうに笑った。

本当に嬉しそうだ。そこに裏表はないように見える。

だから読めない。

セレフィナにはルティルの真意が何一つ読めない。

一体、どうしてそこまでしてリクスを引き入れたいのか……

（くそ……ルティルのやつ、マジで一体、何を考えている……？）

セレフィナはルティルを噛《か》みつくように睨《にら》み続けるが、当のルティルは一向に気にしていないようだ。

「というわけで、リクス君、セレフィナ。これからよろしくお願いしますね」

「はいっ！」

「……ちっ……」

前途多難が目に見えている今後に、セレフィナは舌打ちするしかなかった。

「……と、いうわけで、余らは共に生徒会の渉外となった」

「大変ね。ご苦労様」

第四章　ルティルの攻勢

——次の日。

一時限目の、アルカ先生の『黒魔法』の授業が終わって。

本日は、これから午後まで授業がないため、とりあえず《白の学級》の寮舎を目指し、リクス達が、木々に溢れた学院敷地《しきち》内を歩いている最中。

セレフィナが語る昨日の生徒会室での顚末《てんまつ》に、シノが深い同情のため息を吐いた。

「しかし、どこをどう考えても不気味じゃ。

ぶっちゃけ、リクスなど生徒会に相応しくないにも程がある。

なぜ、ルティルはああまでしてリクスに拘《こだわ》るのか……ううむ」

そんな風に、セレフィナが首を傾《かし》げていると、シノがため息を吐く。

「私が《宵闇の魔王》でなければ、私も生徒会に入るのだけれど」

「そうじゃな。汝《なれ》は学院の上層部には近づかぬ方が良い。しばらくは余に任せよ」

するると、トランがいつものように無邪気に叫んだ。

「なんかよくわからねっすけど！　アニキ達！　今日の昼ご飯はどうするっすか⁉」

「昼飯？　うーん、そうだなぁ……」

一時限目が終わったばかりのため、昼休みまでにはまだ時間がある。

「今から、学食が開くまで待っててもいいけど、たまにはどこかで外食でもしてみる？」

「外食かぁ……外出許可取るの面倒な上に、俺、今月厳しくてなぁ」

リクスの意見に、ランディが難色を示していると。


「でしたら、私とご一緒しません？」


突然、背後から、ご機嫌そうな少女の声が一同の背へと浴びせられる。

振り返ると――

「る、ルティル先輩⁉」

「いつの間に⁉」

そこには、いつものようにニコニコとご機嫌そうなルティルが立っていた。

「ふふ、実はリクス君を待っていたんです。今日は、一緒にお食事どうかなって」

「え？　それってどういう……？」

「寮舎には厨房《ちゅうぼう》がありますよね？　私、よくそこで自炊もしていて、今日のお昼は自炊で済まそうと思っていたんですけど……良かったら、リクス君も一緒にどうかなって」

「えっ⁉　それってひょっとして、先輩の手料理を俺に食わせてくれるって、そういうことっすか⁉」

「ふふっ、そういうこと。特別に……ね♪」

「マジっすか⁉　よっしゃあああああああああああああああ──っ！」

リクスが諸手《もろて》を挙げて、即行で喜んでいた。

そんなリクスとルティルのやり取りを見ていたセレフィナが、口をパクパクさせながら心の中で叫ぶ。

（こ、此奴──ッ⁉　露骨に胃袋摑《つか》みに来よった……ッ⁉）

あからさまだ。あからさまに過ぎる。

なぜかは知らないが、ルティルはどうしても、リクスを掌握したいらしい。

振り返れば、いつもそうなのだ。

いかにも穢《けが》れを知らない聖女のような顔で、ルティルは恐るべき肉食系女子。

ルティルは――自分がコレと決めた男を、あらゆる手段で強引に落としにかかる。

昔はそうではなかったのに。

とある男性だけを一途《いちず》に想《おも》う、純粋無垢《じゅんすいむく》な少女だったのに――……

（ええい、リクス！　気付くのじゃ！　汝《なれ》、狙われておるぞ⁉）

「ぐすっ……ひっく……うぅっ……俺、女の子に手料理作ってもらうの憧れだったんすよ……是非、よろしくお願いしまぁす！」

（気付くわけないよなぁあああああ⁉　この単純男が⁉）

「俺にとっての料理といったら、カチコチの戦場食《レーション》か、汚くむさ苦しい野郎共の手によって雑に作られた、砂混じりのクソマズ野戦食しかないからなぁ……先輩みたいな美人の手料理が食べられるなんて……まるで夢のようだ……っ！」

「アニキ！　トランがいたじゃないっすか！」

「お前に料理番させると、いつも捌《さば》きたての生肉だったろ⁉　何人、食中毒で戦線離脱させたと思ってるんだよ⁉」

「む～っ、皆、胃袋が弱々なせいっすよ～っ！　トランのせいじゃないもん！」

（しかも、なんて悲しい……ッ！）

リクスの悲惨な過去の食事情に、同情を禁じ得ないセレフィナであった。

（しかし、ルティルのやつ、マジで何を考えておる？　こんなあからさまな誘惑なんてすれば……）

ちらりと、セレフィナがシノやアニーを見る。

「…………」

「…………」

シノが冷たい目でルティルを流し見ている。

アニーも笑みは崩してないが、目は笑っていない。

ルティルのこのリクスに対する媚《こ》び売りムーブに、相当苛立《いらだ》っているようだ。

（当然、余も腹が立つ！　そりゃ別に、リクスは余の恋人でもなんでもないし！　ルティルがリクスへ粉かけることに対して文句言える筋合いではないが！

それにしたって腹が立つ！　まるで泥棒猫みたいなやり口が気に食わん！

理屈の問題ではない！　感情の問題じゃ！）

というわけで。

セレフィナは反撃を試みる。

「ほほう？　ルティルよ。今日の昼、汝《なれ》は自炊をするつもりか。ならば、余もたまには自炊してみようかのう？」

すると。

「そうね。いつも学食だけじゃ味気ないし。たまには自分達で作ってみるのも一興ね」

「そうだね！　うん、今日はそうしよう！　皆で作って食べよう！　ね！」

セレフィナの提案に、すかさずシノとアニーも乗ってくる。

と、なると、裏表のない単純馬鹿のリクスである。

「えっ⁉　そうなの⁉　皆で作るの⁉　いいな、それ！　じゃあ、今日の昼飯は皆で作って食べ比べしようぜ！　いいっすよね⁉　先輩！」

と、なるに決まっていた。

（フン、どうじゃ？　汝《なれ》の目論見《もくろみ》を見事外してやったぞ……）

セレフィナが勝ち誇ったように、ルティルを一瞥《いちべつ》するが。

「ええ、もちろんです、リクス君。では、ここは一つ……誰が一番美味《おい》しい料理を作れるか、〝料理勝負〟としましょうか。ふふっ、今日は楽しい昼食会になりそうですね」

ルティルはまるで余裕を崩さない。

まさにこの展開すら想定内であるかのような……そんな雰囲気すらある。

それが、どうにもセレフィナは気に食わない。ジト目でひたすら、ニコニコ顔のルティルを睨みまくっていた。

そして――

「どうしたんだ？　ランディ」

「面白すぎる……お前と一緒にいると、本当に飽きねぇ」

ニヤニヤしながら笑いを堪《こら》えているランディに、リクスは不思議そうに首を傾げるのであった。


――――。


「……というわけで。

シノ、アニー、セレフィナ、ルティル先輩の四人が作ってくれる昼ご飯を、なぜか俺達三人が食べて、審査する流れになったわけなんだけど……なんで？」

「お前のせいだろ。まぁ、俺は役得だからいいけどな」

「わーい！　ご飯！　ご飯っす～～っ！」

《白の学級》の寮舎にある共同食堂にて。

テーブルについたリクスとランディが雑談をしており、トランがフォークとナイフを行儀悪く打ち鳴らしながら、大はしゃぎしていた。

奥の厨房では、現在、シノ、アニー、セレフィナ、ルティルがそれぞれ調理を行っている。早くも良い匂いが、こちらまで漂っていた。

「寮舎の食堂の食料保管庫は、魔法による凍結保存で、様々な食材や調味料が大量に揃《そろ》ってるらしい」

ランディが厨房の方を流し見ながら言う。

「自炊したい生徒向けに、学院側が用意している物で、生徒なら使い放題だそうだ。でもまぁ……滅多に利用者いねえけど」

「学食あるもんな。皆、プロの料理人が作ってくれる料理の方がいいだろうし」

「そゆこった。料理が趣味なら別だが」

「ねー、ねー、アニキ。なぁんでトランは作っちゃダメなんすか？」

「お前はどうせ、生肉出すだけだろ……めっ！」

そうこうしているうちに、アニーが湯気の立つ鍋を抱えてやってくる。

「お待ちどおさま、皆」

アニーが作ってきたのは、大き目に刻んだ野菜のスープだ。

香辛料と、牛骨で取ったスープの濃厚な香りが漂う、いかにも食欲をそそる一品である。

芋やブルストにもよくスープがしみ込んで、いかにも美味《おい》しそうだ。

「おおおっ！　美味《うま》そう！　凄《すご》く良い匂い！」

「だな！　いわゆる家庭料理ってやつだ！　アニーらしいぜ！」

「あはは……皆の口に合うといいんだけど……」

はにかみながら、アニーが皿にスープを注ぎ分けて、配膳していく。

早速、リクス達はスプーンを手に取り、スープを一口、口へと運ぶ。

「これは……美味いな！」

「ああ！　素朴な味が、庶民の俺には染《し》みるぜ……っ！」

その優しい味に、リクスとランディが舌鼓《したつづみ》を打つ。

「むぅ……美味いっすけど……肉が足りねっす……」

ただ、ややトランは不満そうである。

「あー、ごめんな、アニー。トランは気にしないでくれ、こいつ、昔っから肉しか食わない偏食家なんだ」

「あはは、トランちゃんは竜だもんね……」

そこは仕方ないとアニーが少しだけ残念そうに微笑《ほほえ》む。

「でも、俺は本当に美味しいと思う！　こういう料理ならいくらでもいける！　おかわり！」

「あ、ありがとう、リクス君！」

あっという間に空になった皿をアニーへ差し出すリクス。

アニーは皿を受け取り、本当にうれしそうにおかわりを皿へよそうのであった。

「いやぁ〜、それにしてもアニーがこんなに料理が上手《うま》いなんてな……なんとなく、そんな気はしてたが、まぁ、予想通りだったぜ」

ランディもスプーンが進むらしく、饒舌《じょうぜつ》だった。

「なんか変な流れで始まった料理勝負だけど、他の三人の料理も楽しみだな！」

「ああ！」

と、そんな風にやり取りしていると。

「フン。まったく……女の子に作らせておいていい身分ね、貴方《あなた》達。まぁいいわ」

シノがトレーに料理を載せてやってくる。

「私もできたわよ。ほら、食べなさい」

そして、リクス達の目の前に、コトリと置かれたその料理の皿に。

「「…………」」

リクス、ランディが思わず真顔で絶句した。

シノが作ってきた料理は、いわゆるサンドイッチである。

パンに様々な具材を挟むシンプルな料理であり、決してハズレはない、どんなメシマズでも安定して美味しく作れる料理である。

だというのに、それに手をつけてはならないと一目でわかる。

そのサンドイッチは——血まみれだった。

「「…………」」

「何よ？　早く食べなさいよ」

微動だにしないリクスとランディに、シノが少し苛立ったように促す。

「シノ……手ぇ見せて？」

「…………」

シノがさっと無言で両手を後ろに隠す。ほんの一瞬だったが、その手にはまだ完全には癒えきっていない、治癒魔法による回復痕が無数にあるのが見えた。

「シノ……ひょっとして料理、初めて？」

「魔術師とは。未知の知を、自らの意思と覚悟で切り開く、気高き愚者を指す言葉よ」

「初めてなんだな？」

シノはそっぽを向いた。

「初めてで、なんでこんな戦いに参加したんだよ……？　まぁ、理由はわかるけどさ」

ちらりとリクスを流し見るランディ。

「こ、これは予想外だなぁ……シノは料理できる方だと思ってたんだが、これで喜ぶのは吸血鬼だけだぞ……？」

リクスが恐る恐る、サンドイッチを摘《つま》み上げる。

パンから血が滴《したた》り、ぽたりと皿に赤い点を作った。

「いや……吸血鬼でもどうかな……？　見ろ……」

ランディが汚物にでも触れるかのようにフォークを使って、パンをめくりあげる。

「豚肉が生焼けだぜ。しかも、こっちには見てわかるほど、卵の殻が混ざってやがる……普通に食品衛生上、ヤバい」

「あ、こっちのサンドイッチ、正体不明の冒瀆《ぼうとく》的な食材に混ざって、バターナイフがサンドされてる……なんで……？　まさか取り忘れ……？」

「こっちは……うっぷ、なんだこの臭い……ッ⁉　臭っ⁉　なんか臭うと思ったら、これか……ッ⁉　このキモい紫色のソースは一体……ッ⁉」

「うげぇ……なんだこの腐った魚とゲロを混ぜたような……？　吐き気が……」

リクスとランディが涙目でシノの料理を検分している。

「シノ。初めて料理に挑んだ君に敬意を表する。俺達のために作ってくれたことに無限の感謝の意を表する。……でも一つ聞いていいかな？」

「……何よ？」

「レシピ通りに作った？　変なアレンジしてない？」

「魔術師とは。既知の知を、自らの裁量と感性で改良・進化させる、永遠の探索者を指す言葉よ」

「アレンジしたんだな？」

シノはそっぽを向いた。

これを食えというのか？　ランディは当然、戦場育ちのリクスですら、額に冷や汗を浮かべて躊躇《ちゅうちょ》していると。

「アニキ達、食わねーんすか!?　じゃ、お先に！　いっただっきまぁーす！」

悪食《あくじき》トランが無邪気にサンドイッチを引っ掴《つか》み、かぶりついた。

……次の瞬間。

「～～～～～～～～～～～～～～～～～～～～～～～～～～～ッ!?」

トランの目が、カッ！　と見開かれ、物凄《ものすご》い勢いで飛び下がる。

「と、トラン!?」

『フゥ――――ッ！　フ――――ッ！　フ――――ッ！』

そして、四《よ》つん這《ば》いになって、天敵に対して威嚇でもするかのように、牙と敵意をむき出しにし、テーブルの上のサンドイッチ（の形をしたナニカ）へ対して、寒気がするような竜の威嚇の唸《うな》り声をあげて。

やがて。

ぐるん、とトランの目が裏返って。

ぱたん。

その場に、トランが力なく倒れ伏す。


「「「「…………」」」」


しーん。完全に沈黙して、ピクリとも動かないトランの姿を、リクス達はじっくり、十秒間見つめて。

「……何してるの。せっかく作ったんだから、温かいうちに早く食べなさいよ」

「アレを見て、まだそんなこと言うの⁉　人の心ないの⁉」

「竜だぞ⁉　トラン、竜なんだぞ⁉　あらゆる猛毒や状態異常に対して、最強クラスの耐性がある竜が、あのざまなんだぞ⁉　俺達が食ったら死ぬわ！」

「シノ！　最早《もはや》、コレは料理じゃないよ！　生物兵器だ！」

「し、失礼ねっ！」

シノがほんの少しだけ涙目で、リクス達へ向かって吠《ほ》えた、その時だった。


「まったく……何を大騒ぎしておるのじゃ」


そこへ天の助け——セレフィナがやってくる。

セレフィナは大きなトレーを抱えており、その上にはクローシュ——丸く大きな銀色の蓋が載っている。

どうやら、そのクローシュの中にセレフィナの作った料理が入っているらしい。

「い、いやぁ……ちょっとね……」

「時代を先取りしすぎた先鋭的な生物兵器に衝撃を受けていたところで……」

「なんじゃそりゃ？」

びくびくしているリクスとランディの前で、セレフィナが呆《あき》れたように大きなトレーをテーブルの上に置いた。

そんなセレフィナの姿を前に、ランディがそっとリクスへ耳打ちする。

「なぁ……どう思う？」

「セレフィナの料理のことだよな？」

「ああ。比較的安パイだと思ってたシノが、あの様だぞ？

あの三人の中で一番、料理できなそうなセレフィナだからなぁ……」

「確かに……皇族って、料理とか自分でしなそうだし……」

そんなリクス達のひそひそ話が聞こえてか、聞こえておらずか。

「ふっ……刮目《かつもく》せい、皆の衆！」

セレフィナが、勝ち誇ったようにニヤリと笑い。

がばっ！　と、クローシュを持ち上げた。

すると、そこには――想像を絶する料理があった。

「「ぉおおおおおおおおお!?」」

思わず感嘆の叫びを上げてしまうリクスとランディ。

「どうだ、驚いたか。そうじゃなぁ……強《し》いて名付けるならば『ブリタル産ラーマル海老《えび》のコンソメゼリー寄せ、キャビアと滑らかなカリフラワーのムースリーヌ』じゃな！」

ドーム状のコンソメゼリーの中に、各種食材が美しく配置されており、まさに額縁に入れて飾りたい芸術作品のような料理だ。

香り高いソースがゼリー寄せの周囲に回しかけてあり、全体的にキラキラと輝いているようであった。

「すっげぇ……これ、ガチの宮廷料理だわ」

「凄《すご》い……綺《き》麗《れい》……」

ランディ、そして、アニーも目を丸くしている。

「これ……本当にセレフィナが作ったの？」

「ふふん！　当然じゃ！　余は後に世界の頂点に立つべきオルドラン帝国皇帝セレフィナ＝オルドランじゃぞ⁉　食が人の基礎ならば、その食を極めてこそ、人の頂点に立つ資格があるというもの！」

「その理屈はよくわからないけど、とにかく凄い！」

「ま、料理が好きで、祖国ではよく厨房《ちゅうぼう》に入り浸り、料理長に習っていた……というだけじゃがな。じゃが、腕前には自信がある。早速、食してみよ」

得意げに、セレフィナが慣れた手つきでゼリー寄せを切り分け、一同へ配膳する。

そして、一同が恐る恐る料理を口に運ぶと――

「――なっ、なんだこれ……ッ⁉ う、美味《うま》ッ⁉ や、ヤバッ⁉」

美味すぎて、舌がもげそうだ……ッ⁉」

ランディが自分の舌を襲った、あまりにも強烈な旨味《うまみ》の嵐に、目を白黒させた。

「ほ、本当だっ！ すっごく美味《おい》しい！ 口の中で溶けるみたい！」

アニーも目を見開いて、口元を押さえて震えている。

「嘘《うそ》だろ……これ、食料保管庫にあった食材使ったんだろ⁉ 何をどうしたら、こんな美味《うめ》え料理ができあがるんだ⁉」

「あはは、悔しいけど……これは、私の負けかなぁ……」

「ふふふ、そうじゃろう、そうじゃろう。余の師匠直伝の秘伝レシピじゃからの」

一同のリアクションに、セレフィナが満足げにうなずく。

「どうじゃ？ リクス。汝《なれ》の感想を是非、聞いてみたい」

「うん、マジで滅茶苦茶《めちゃくちゃ》美味いよ、これ！ こんな料理食べたことない！」

それ以外言葉が出ないという感じで、リクスも夢中で食べていた。

そして。

「フッ……やるじゃない、セレフィナ」

シノがセレフィナの料理を食べながら、余裕の笑みを浮かべた。

「いいわ。今日のところは貴女《あなた》に勝ちを譲ってあげる。認めてあげるわ、貴女のこと」

「ライバル風吹かせているとこ悪いんだけど、シノ。勝負になってないんだ、君の場合」

「油断してただけよ」

「油断とか、そういう次元の話でもないんだ、君の場合」

「まずは、料理の基本から覚えような……」

どこまでも現実を認めないシノに、リクスとランディが優しく諭す。

「しかし……予想外にもほどがあったけど、こりゃ、さすがに決まったかな？」

「何が？」

「おい。この料理勝負の勝者だよ。そういう話だったろうが」

「そういえばそうだった」

「ったく。まぁ、とにかく、さすがにこれは姫さんの勝ちかなって……こんな凄い料理出されちゃな……」

と、その場の誰もが、概《おおむ》ねランディのように思っていると。

「さすがね、セレフィナ。そんな凄い料理をこの短い間に作っちゃうなんて……私、負けちゃうかな……?」

そこに、ルティルが同じく銀のクローシュに覆われた料理を運んでくる。

相変わらず、口元に穏やかな笑みを浮かべている。セレフィナの料理とその評判を前にしても微塵《みじん》も動揺はない。よほど自信があるのだろうか。

「ふん……勝負じゃ、ルティル。余と汝《なれ》、どちらの方が料理の腕前が上か……白黒はっきりつけさせてもらうぞ! さぁ、見せてみよ、汝《なれ》の料理!」

「ふふ、そう焦《あせ》らずとも」

セレフィナの勝ち誇ったような挑発にも乗らず、ルティルは丁寧な手つきで、料理をテーブルの上に据えると、クローシュを取り去る。

中から現れたのは——意外な料理だった。

「な、なんだこりゃ?」

「……ただ、焼いただけの肉じゃとぉ……?」

目をぱちくりさせるランディとセレフィナが呟《つぶや》くとおり、ルティルの料理は、大きな肉

てある。

どうやら肉をナイフで削って、パンに載せて食べるものらしく、パンとナイフも用意しの塊に、臭み抜きの香辛料と岩塩をふんだんに振って、豪快に焼いただけの料理だった。


ただ、そのパンは一般的に高級品である、ふわりと柔らかい白パンではなかった。日保《ひも》ちするが、安価で硬いライ麦パンである。


無論、丁寧に調理されてはいる。特に肉の焼き加減は完璧だろう。

使われている肉も良い物だし、香辛料と焼けた脂の香りが実に食欲をそそる。

付け合わせの芋や塩漬け酢キャベツなども、丁寧に処理されてる。


だが――あまりにも、雑で平凡な料理だ。

それこそ誰だって簡単に作れる料理……いわゆる男の料理である。

セレフィナの技巧を尽くされた料理を前にしてもまったく余裕を崩さなかったから、どれだけ凄い料理が出てくるんだ？　と、一同は身構えていたが……これでは拍子抜けもいいところである。


実際、ランディもアニーも、どういうことだと困惑していた。

「ふ、ふふーん……あらゆることに完璧な汝《なれ》じゃが、ルティルよ、どうやら汝《なれ》にも不得手な分野があったようじゃな？」

動揺を押し隠し、セレフィナが勝ち誇ったようにルティルを流し見る。

「これは、誰の勝ちかは一目りょうぜ――……」

だが、セレフィナが勝利宣言をしようとした、その時だった。

「ぉおおおおおおおおおおおおおおおおおお――ッ⁉」

びっくりするほど歓声を上げる者がいた。リクスだった。

テーブルに顔が付きそうなほど身を乗り出し、目をキラキラさせている。

「り、リクス？」

「た、食べていいんすか⁉　食べていいんすか⁉　これ！」

「ふふ、どうぞどうぞ、召し上がれ、リクス君」

「あざっす！　いっただっきまーす！」

早速、リクスはナイフを手に取り、慣れた手つきで肉の塊から肉片を切り落とすと、それをライ麦パンに載っけて、酢キャベツも載っけて、齧《かぶ》り付く。

「くぅ～～っ！　美味ぇ～～っ！　そうだよ、これだよ！　これ！　この学院に来てから何か足りないって思ってたんだよなぁ～～っ！」

涙目で叫ぶほどに大好評だった。

「う、うーん？　確かに美味ぇけど……そんなに興奮するほどか……？」

ランディもリクスと同じように、肉を削ってパンに載せて食べるが、首を傾《かし》げている。

「うん……それに、私には……ちょっと塩辛いかも……」

「酸っぱ！　何？　このキャベツ⁉　酢っぱい！」

それは、アニーやシノも似たような雑感で、派手に喜んでいるのはリクスだけだ。

「ふっ、この美味さがわからないのか。皆、お子様だなぁ。戦場で敵に見つかる危険性にビクビクしながら火を熾《おこ》して食べるコレは、最高の贅沢《ぜいたく》でご馳走《ちそう》なんだぞ？

　生を実感するっていうかさぁ……明日もコレを食うために生き残ってやるって意志が漲《みなぎ》るっていうかさぁ……」

「そ、そういうもんなのか……？」

「しっかし、アレだなぁ。麦酒《エール》も欲しくなってくるなー」

「それは駄目だ。午後から授業あるんだぞ」

「ちぇー」

そんなやり取りをしているリクスとランディを前に。

（や、やられた――――っ⁉）

カラクリを全て察したセレフィナは、頭を抱えて口をパクパクさせるしかなかった。

「ふふっ、勝負あり、ですね」

いつものようにルティルは穏やかな笑みを浮かべているが、今のセレフィナには勝ち誇った笑みにしか見えない。

「ルティル……汝《なれ》、ミスリードしたな⁉　最初に、あえて大仰に〝料理勝負〟などと宣言して、余らのこの勝負に対する認識をズラしおったな……ッ⁉」

「あら。気付いたようですね、セレフィナ」

噛《か》みついてくるセレフィナを、ルティルがさらりと涼しく受け流す。

「そう……この勝負は、料理の腕前を競う勝負ではなく、リクス君が気に入る料理を作る勝負。大切なのは、技量ではなくリクス君の好きな食べ物は何かを推察する力。

彼は、元・傭兵《ようへい》。庶民には庶民の、貴族には貴族の、そして……傭兵には傭兵の舌があります。食べ慣れた味、生まれ育った故郷の味は、なかなか変わらないものですからね。

ならばおのずと答えはわかるものです……普段の彼を深く知ればばね」

「ぐ……」

セレフィナは思い出す。

そう言えば、リクスは食事の時、なぜかいつも、柔らかくて美味しい白パンではなく、硬くて美味しくない黒パンを選んでいたことを。

ローストビーフなど肉は好んで食べていたが、〝美味いんだけど、ソースが甘くて馴染《なじ》めない〟、〝味付けが薄い〟、〝肉が柔らか過ぎ〟などと、ぼやいていたことを。

皆でスイーツを食べにいけば、なぜか、一人だけ角砂糖をガリゴリ。

ケーキを食わせてみれば、濃厚なクリームの味がしつこくて気持ち悪い、と。

「そ、そういうことか――っ！　余はリクスの貧乏舌を舐《な》めていた！　つーか、これがご馳走って、此奴《こやつ》、どんだけ悲惨な食生活じゃったの⁉　泣けてきたぞ⁉」

夢中で肉載せパンを頬張っているリクスを前に、セレフィナは涙を禁じ得なかった。

「ありがとうございます、先輩！

いやぁ、先輩って料理も上手《うま》かったんですね！　ほんと、尊敬します！」

「いえいえ、お粗末様です。こんな料理で良かったら、私、いつでもリクス君に作ってさしあげますよ？」

「マジッすか⁉　よっしゃあああああ――っ！」

無邪気なリクスを前に、セレフィナは拳を握り固めながら、さらに思った。

（ルティルの奴《やつ》……やりおった……ッ！　此度《こたび》の昼食会に、あえて余らを交えてカマセ犬にすることで、リクスの自分に対する株をさらに上げおった……っ！

〝リクスの身近にいる女の子達の中で、一番、料理が上手い子〟という地位を、見事に一撃でかっさらっていきおった……ッ！

これも計算の内か！　余らはこの女の掌《てのひら》の上で踊らされてただけ……っ！）

このために、あえてセレフィナ達がいる前で、露骨に昼食の誘いをかけたのだ。

結局、自分達はルティルにまんまと利用されただけだ。

正直、腹が立つ。

腹が立つが……ルティルに一本取られたのは、否定しようのない事実であった。

そして、そんなルティルに腹が立つのは、シノ、アニーも一緒らしい。

「この先輩のこと……まだよく知らないけど。私、嫌いだわ。なんかムカつく」

「私も……ちょっと……苦手かも……」

「安心せい。余も同じじゃ。この女、昔っからこうなんじゃ。いっつも、美味《おい》しいところを小狡《こずる》くかっさらっていく……もう大っ嫌いじゃ！」

「あらあら？　また嫌われちゃったかな？　お姉ちゃん、悲しいわ……」

まったく悲しくなさそうに、ニコニコしているルティル。

勝ち誇っている風でも、見下している風でもないので、その笑顔の裏で何を考えているのか……本当にまるで底が見えない人であった。

そんな風に視線で火花を散らし合っている女子達を前に、ランディがリクスの肩をぽんぽんと叩《たた》く。

「リクス」

「なんだ？　はぐはぐ……」

「……頑張れよ！」

「？？？」

とても良い笑顔で、親指を立ててみせるランディに、リクスは肉とパンを頬張りながら不思議そうに首を傾げるのであった。

第五章　教えて、ルティル先生

「さて……今日も地獄が始まるな……」

「「「はぁ～～～～…………」」」


誰かの呟《つぶや》きが、むなしく響き渡った。

そこは、学院の地下に存在する魔法闘技場。

本日は、《白の学級》の生徒達にとって、一週間の中で最悪の日。

ダルウィン先生が行う『魔法戦教練』の授業がある日だ。

授業に参加するため、《白の学級》の生徒達が集っている。

学院の大導師ダルウィン＝ストリークは……一言で言えば、超優秀である。

魔術師としても、指導者としても、非の打ちどころがないほど、超優秀である。

〝魔術師とは、本人が望むとも望まずとも、運命的な重力によって、遅かれ早かれ闘争に巻き込まれるもの〟、〝ゆえに魔術師ならば、最低限の力を身につけねばならない〟……という、独自の強い主義主張の下、生徒達に魔法による戦い方……つまり、魔法戦の技術を指導している。

そして、ダルウィンの指導は、あまりにも効率的、かつ的確だった。

ダルウィンの指導を受けた生徒達は、誰一人例外なく、どんどん伸びていく。戦闘者としての魔術師の実力が着実に向上していく。

気質が戦いに向いてない生徒に対しては、戦いを避けて生き残る守りの立ち回りを。

戦闘センスがない生徒に対しては、センスなど関係なく強い戦術を。

何か尖《とが》った強みがある生徒に対しては、それをさらに生かし、伸ばす戦法を。

何か致命的な弱点がある生徒に対しては、それを補う戦略を。

ダルウィンは生徒一人一人に合わせて、その生徒にもっとも適した指導を施していく。

意外にも、誰一人、見捨てるということをしない。

〝この私が教えておいて落ち零《こぼ》れるなど、断じて許さん〟と、生徒達全員ができるようになるまで、辛抱強く、粘り強く指導してくれるのである。

……ここまで聞くと、ダルウィンがまるで教師の鑑《かがみ》、聖人のように思えてくるが、もちろん、そんなことはない。

彼は――超・超・超・超絶スパルタ教育者だからだ。

死なければ、万事問題ない……そんな地獄の追い込みによって、ノルマをクリアするまで生徒達にやらせるのである。

そして、その間、浴びせかけられる嵐のような罵倒に、人格破壊・精神崩壊寸前まで追い込まれた生徒だって少なくない。

が、正気を失ったところで、精神系の白魔法で、強制的に完璧に治療される。逃げ場などない。

そして、万が一、誰かが仮病を使って授業をサボろうものなら……それは、当人と連帯責任で学級全体が、それはそれはもう恐ろしい目に遭わされるので、誰もサボるにサボれないのであった。

「ああ……今日こそ死ぬかも……」

「お母さん……お父さん……先立つかもしれない私をお許しください……」

「死にたくない……死にたくないよぅ……」

「いっそ死ねば……でも死んでも、あの人なら、普通に蘇《よみがえ》らせてきそう……」

《白の学級》の生徒達が、ガクブル震えながら、さめざめ泣いている。

「フン……情けない連中め。あの御方の素晴らしい指導を受けられるなど、平民の君達には望外の幸運だと、なぜ理解できない」

そう言って、蔑むような眼《め》で周囲の生徒達を睥睨《へいげい》しているアルフレッドですら、その膝がまるで生まれたての小鹿のようにガクガク震えている。

「はぁ～～……」

「うん？　どうしたんだ？　ランディ。ため息なんて吐《つ》いて」

ランディがこれから始まる地獄を想像しながら、ため息を吐いていると、リクスがキョトンとしながら話しかけてくる。

「いや……決まってんだろ。ダルウィン先生の授業が始まるんだぞ？　地獄が始まるんだぞ？　ため息も出るわ」

「あははは、ランディ、大丈夫だって！

苦痛を覚えたり、憂鬱な気分になれるうちは、地獄じゃないんだよ？

本当の地獄はね……感じなくなるんだ。痛みも。感情も」

「生々しい戦場話やめろ、元・傭兵」

ランディが虚無の表情でそう突っ込んでいると。

その場に、意外な人物がやってくるのであった。

「ルティル先輩!?」

素っ頓狂な声を上げて、眼を丸くするリクス。

この学院の名物的な生徒会長の唐突なる登場に、その他《白の学級》の生徒達も、顔を見合わせてざわめき始める。

「ふふふ、こんにちは、リクス君」

そんな一同の視線をさらりと受け流し、ルティルがいつもどおりの穏やかな笑みを浮かべながら、リクスの元へやってこようとすると。

「……何の用じゃ、こんな時間に」

不機嫌そうなセレフィナが、ずいっとその間に入り、ルティルを睨《にら》みつけていた。

「…………」

シノも冷たい目でルティルを流し見て、警戒しているようである。

アニーは、そんなシノやセレフィナとルティルを、交互に見ておろおろしていた。

そしてルティルを噛《か》みつくように睨みつけるセレフィナが、不機嫌さも露《あら》わに言葉を続けた。

「もう授業開始時間じゃぞ？　とっとと自分の学級に帰るが良い」

「うーん、随分嫌われちゃったなぁ……お姉ちゃん、悲しいわ～」

全然、悲しくなさそうに、微笑《ほほえ》みを崩さずルティルが言った。

「実はですね、ダルウィン先生から二つ言伝《ことづて》があって来たのです」

「言伝？」

「はい。まずは一つ目。本日の『魔法戦教練』の授業……所用があって、ダルウィン先生は来られないそうです」

ルティルがそう言った瞬間。

しん……一瞬、まるで水を打ったかのように、戦々恐々としていたその場が静まり返って。


「「「よっしゃあああああああああああああああああああああ――っ！」」」

そして、次の瞬間、歓喜の大絶叫が上がるのであった。

「やった……ッ！　やったよ……ッ！」

「これで皆が救われた……ッ！」

「助かった……ッ！」

「ああ、生きてるってのは、なんて素晴らしいことなんだ……ッ！」

誰も彼もが、今日の命を繋《つな》いだことに、涙を流して喜び咽《むせ》んでいる。まるで絶望的な戦況から大逆転劇を成し遂げたかのような喜びぶりであった。

「あらー、そうなんすか。ダルウィン先生、いないんすか……残念だなぁ」

「おい、リクス。なんでそんな感想が出てくんだよ？」

「いや、ほら……確かにあの人の授業はしんどいけどさ……一週間に一回くらいは〝死〟の感覚を肌で感じないと、落ち着かないっていうか……」

「うん。お前、もう社会復帰無理だ、諦めろ」

ランディはため息を吐くしかない。

そして、そんな大騒ぎする一同へ、ルティルが言葉を続けた。

「どうか皆さん、ご静粛に。まだまだ二つ目の言伝があるのですから」

ようやく我に返り、静聴の構えとなる一同。

そんな一同へ、ルティルは厳かに告げる。

「というわけで、ダルウィン先生が来られないため、本日の『魔法戦教練』の指導は、僭《せん》越《えつ》ではありますが、この私が務めさせていただくことになりました」

「「「「……えっ？」」」」

キョトンとする一同の前で、ルティルが小首を傾《かし》げて笑う。

「〝ルティルと《白の学級》一年生、総勢四十五名総当たりで、一対一の魔法戦をやれ。

一人でもルティルに勝てたら合格にしてやる。

だが……もし、全員かかって一勝も取れず全滅した場合、そんな愚劣で蒙昧《もうまい》で覚えが悪すぎる劣等愚図の貴様ら全員、今までが天国だったと思えるほどの地獄を見せてやるから覚悟しろ〟

……これが、ダルウィン先生の二つ目の言伝です」

「「「はぁあああああああああああああああああ――っ⁉」」」

予想外の展開と課題に、《白の学級》の生徒達が、素っ頓狂な声を上げる。

そんな慌てふためく一同を前に、ルティルは変わらず人当たりよさそうにニコニコしているだけだ。

「やべぇ！　やべぇよ！　ダルウィン先生はやると言ったらやる人だ！」

「俺達が全員負けちまったら、マジで地獄を見せられる！」

「い、いや……でもちょっと待てよ……？　いくら相手がルティル先輩とはいえ、僕達全員ｖｓ一人だよね……？」

「それは……さすがに……ねぇ？」

よくよく考えてみると、勝利条件はそう難しいものではないと思える。

その事実に気づいた生徒達が、顔を見合わせ困惑し始めた。

「……なぁ、リクス。どうだ？　この勝負。こないだ、ちらっとルティル先輩の実力は目《ま》の当たりにしたんだが……」

「………………」

ランディが、神妙な面持ちでルティルを眺めているリクスへ問いかける。

やがて、リクスは何かを確信したように言った。

「多分無理だな。勘だけど」

「くそ！　お前の勘がそう言ってるなら、もう完全に無理じゃねえか！　一体、どうすりゃいいんだ!?」

「数の有利を最大限利用するしかないんじゃないかな……」

「数の有利？」

「やっぱ数は力だからね。最初は実力下位の者達をぶつけて、ルティル先輩が疲れてきたら、シノとか、セレフィナとか、この学級の最強格をぶつけるしか」

と、その時だった。

「あっはははははははは──っ！」

そんなリクスとランディを、あざ笑うかのような高笑いが響き渡った。

金髪のオールバックに眼鏡……常日頃、何かとリクスへ突っかかってくる貴族のエリート生徒、アルフレッドである。

「フッ！　リクス！　所詮、君は程度の低い平民で、下賤《げせん》な傭兵《ようへい》のようだな！

発想が、まったくもって卑怯《ひきょう》極まりない！」

蔑みと憤り《いきどお》をないまぜにした表情で、アルフレッドがリクスへと詰め寄る。

「確かに！　己《おの》が目的のために、己《おのれ》のありとあらゆる手札を尽くし、手段は選ばない……魔術師にそういう冷徹なる合理的側面はある！

だが、それはあくまで自身と、自身の手札内での話だ！

学のない平民の君には、決して理解できないだろうがね！

魔術とは貴人の嗜《たしな》みであり、魔術師とはそれ即《すなわ》ち貴族なのだ！

力を持つと同時に、果たすべき義務を履行し、果たすべき責任を負う者達なんだッ！

だというのに、目的のために、弱き他者を利用し、踏みにじるだと⁉　やっぱり君は魔術師の風上にもおけない！　恥を知れ！」

「あ、いや、ごめん！　実際にそうしようってわけじゃなくてさ」

リクスが申し訳なさそうに恐縮し、続ける。

「ただ……ルティル先輩に俺達で勝利するとしたら、そのくらいしか手がないっていうかさ……」

「まぁ、そうだな。アルフレッド、お前は知らねえかもだが……ルティル先輩、マジでつえーぞ？」

「フン！　怖気《おじけ》づいたか？　やはり、リクス、君はあの古竜種がいなければ、何もできないようだな……」

アルフレッドは眼鏡を指で押し上げて鼻を鳴らす。

そう。この『魔法戦教練』の授業では、召喚魔法の使用はまだ禁止されている。

当然、名目上はリクスの召喚獣であるトランは、この授業に参加できない。今は学院のどこかを散歩中である。

もっとも、リクスの場合、契約で繋がっているだけで、トランを遠くから召喚したり、魔力贈与で強化したりできないので、トランの使用はどの道認められないだろうが。

「確かに、ルティル先輩は二年生。それなりに実力もあるだろう。君達程度では、どうしようもないのはわかる。

だがな……忘れてないか？　この《白の学級》には、この僕、アルフレッド＝ロードストンがいるということをッ！」

どーん、と。

アルフレッドが、己が勝利をまるで疑っていない、自信に満ちた表情でそう宣言する。

「ああ、うん、まぁ……」

「その……なんだ、アルフレッド。お前が相当な実力者だってことは、俺達もなんとなくわかってるんだけどよ……」

微妙な顔をするリクスとランディ。

「ふっ……リクスのインチキ物理パワーや、やたら派手なセレフィナ、学生離れした超絶技巧派なシノの印象が強すぎて、今までクラス内ではどうにも目立たなかったがな……言っておくが、僕が本気を出せば、君達なんて本来、目じゃないんだ。

ただ、今まで目立たなかったのは、色々と間が悪かっただけなんだ！」

「まぁ、本っ当に間が悪かったよな、なんでだろうな？」

ランディの突っ込みを流しつつ、アルフレッドが短杖《たんじょう》を抜いて前へ出る。

「というわけで、この僕が先陣を切らせていただこう」

「お、おいっ⁉　マジか⁉　いきなりお前が行くのかよ⁉」

「あのー、アルフレッドさ。君……この中じゃ、多分トップクラスに強いから、最初はルティル先輩の力を見るために、〝見《けん》〟に回って欲しいんだけどな……」

そんなランディやリクスを無視し、アルフレッドはスタスタと、試合場の真ん中で待つルティルへ向かっていく。

「フン！　まだ言うか！　愚民共を守るため、有事の際に先陣を切って最前線で戦ってこそ貴族というものだ！　愚民共を盾に、その後ろにこそこそ隠れるような、貴族にあるまじき無様な立ち回りは、このロードストンの名と誇りにかけて許せん！

真の強者に〝見〟など必要なしッ！　一番手はこの僕だッ！」

「だ、だから、アルフレッド！　待てって！」

「安心しろ。僕には〝切り札〟がある……この魔術を受けて、立っていられた者は、今まで一人たりともいない。一瞬でカタを付けてやるさ」

「負けフラグ立てんな！　やめろ！　戻れ！　〝切り札〟はわかったから戻れ！」

「まぁ……万が一、ルティル先輩が、僕の想定を超えて強かったとしても……君達でも楽に勝てるほどに削っておいてやるさ……まぁ、万が一にもあり得ないけどね」

「だから！　それ瞬殺されるフラグだって！」

「まぁ、そんな万が一はさておき。正直、僕は心苦しい。

いきなり僕が勝つことで、君達のこの授業時間を無為なものにしてしまうわけだからな。

でも……勝ってしまってもいいんだろう？　この僕が」

「アルフレッドぉおおおおおおおおおおおおおおおおお――っ！」

乱立するフラグに、ランディは泣いた。

なんだかもう、無性に涙が止まらなかった。

「あら、一番手は……えーと、確か貴方《あなた》は……ロードストン家の？」

「アルフレッド＝ロードストンです」

試合場で、ルティルの前に立ったアルフレッドが不敵に名乗った。

「……始め」

審判役を務めるセレフィナが、試合開始の合図を宣言する。

そして、アルフレッドが、ゆらり……と短杖を動かしながら、構える。

同時に、ルティルも左手の指輪を見せつけるように身構える。

「全力で来ることをお勧めしますよ、ルティル先輩。言っておきますが……僕、手加減できませんので」

「あらあら、随分と自信がおありなのですね、さすがロードストン家。貴方が一体、どんな魔法を使うのか……実に楽しみです」

そんな風に、にっこりと笑いながら、全身から凄《すさ》まじい凍気を放ち始めるルティル。

凍《い》てつく魔力が、試合場をたちまち包み込み、凍結させていく――

だが、そんなルティルを見て、アルフレッドはつまらなそうにため息を吐《つ》いた。

「やれやれ。やっぱり、その程度ですか」

「……？」

「実を言うとですね……もう終わってるんですよ。僕の勝ちです」

～～～。


その場の一同は、あまりにも意外過ぎる展開に、ざわめいていた。

ルティルとアルフレッドが試合場で対峙《たいじ》し、セレフィナが試合開始を宣言した直後であった。

突然、ルティルがぐるんと白目を剥《む》いて、その場にガクリと両膝を折り、ピクリとも動かなくなってしまったのである。

ルティルは何もしていない。

得意の氷結魔法、冷気の一つすら出していない。

「……フン」

アルフレッドが、自分の前で蹲《うずくま》ったルティルを一瞥《いちべつ》し、つまらなそうに杖を収める。

「な、なんだ……？」

「一体、何が起こったんだ……？」

「ルティル先輩が一瞬で戦闘不能に……ッ⁉」

驚愕《きょうがく》に目を剝く、《白の学級》の生徒達。

そんな生徒達へ、アルフレッドは眼鏡を押し上げながら、得意げに答えた。


「これぞ僕の切り札、【白亜の幻夢】――精神支配魔法だ」


ざわめく生徒達の視線を一身に集めながら、アルフレッドが説明を続ける。

「ルティル先輩の精神は、僕が完全に掌握したのさ。

今頃、先輩はご自身の精神世界の中で、まだ僕に負けたことに気づかないまま、不毛な魔法戦を繰り広げているよ」

すると、それを聞いたシノが驚愕に目を剝いた。

「まさか、アルフレッド――貴方、最初に構えた時のあの杖の動きだけで、ルティルに精神支配をかけたというわけ⁉」

「ははは、さすが察しが良いね、シノ＝ホワイトナイト。その通りさ。

魔力の強さや操作の巧《うま》さが、魔術師としての強さの全てじゃない。

真なる魔術師は、戦わずして勝つものさ」

「なっ、なんとぉ⁉　たったアレだけで、ルティルほどの魔術師の精神を支配してしまえるなど……一体、どんな技量なんじゃ⁉　ヤバすぎじゃろ⁉」

「あ、アルフレッド君、凄《すご》い……ッ！」

セレフィナやアニーも、驚きに目をぱちくりさせている。

そして。


「「「うおおおおおおおおおおおおおおおおおおおお――っ！」」」


《白の学級》の生徒達が、アルフレッドのこの予想外の勝利に大歓声を上げた。

「すげえよ、アルフレッド！」

「最高だぜ、アルフレッド！」

「きゃあああっ！　アルフレッド君、素敵！」

たちまち上がるアルフレッドコールの嵐。

「やるじゃねえか、アルフレッド！」

「ああ！　俺の見立て通り、君は本当に凄いやつだ！」

ランディとリクスも、そんなアルフレッドに左右から腕を回して肩を組む。

「ちっ……」

ウザ絡《がら》みしてくる二人に、鬱陶しそうにそっぽを向くアルフレッド。

「いやぁ、アルフレッドのおかげでマジで助かったよ！　これでダルウィン先生のお仕置きを食らわなくて済むぜ！　お前は俺達の恩人だよ！」

「本当だよ！　やっぱり、俺じゃ君には敵《かな》わないなぁ！　なんだか申し訳ない……」

「フン、バカめ、当然だ。この僕は、アルフレッド＝ロードストンだぞ？

それに君ら愚民共が負い目に思う必要などない。貴族とは愚民共を守るために存在するんだからな」

「さ、さすがアルフレッド……」

「くっ……俺達とは器が違いすぎる……ッ！」

「決めた！　俺、将来はアルフレッド様の家臣として仕えるぜ！」

「俺もそうする！　もうアルフレッド様のためなら、傭兵《ようへい》でもなんでもやるよ！」

「わ、私も将来はロードストン家に奉仕することにしようかしら？」

「うんっ！　私も！　メイドさんとかなんでもやるよ！」

「で、では……余はロードストン家の次期当主殿である汝《なれ》に嫁ごうかのう……」

アルフレッドを囲んで、あれやこれやと持ち上げるリクス、ランディ、シノ、アニー、セレフィナ。

「アルフレッド様！」「アルフレッド様！」「ロードストン万歳！」

今や、クラス内の誰も彼もが、偉大なるアルフレッドを褒《ほ》め称《たた》えていた。

「ちっ……仕方ないな、君達」

すると、アルフレッドは嫌そうながらも、どこか満足げに言い捨てる。

「いいだろう。これも貴族の務めだ。君達の将来は、この僕、アルフレッド＝ロードストンが面倒見てやろう」

「「「ぉおおおおおおおおおおおおおおおおお――っ！」」」

その場を熱狂と歓喜の渦が呑《の》み込んでいった――


～～～～。


「……で？　一体、何が起こったんだ……？」

「アルフレッドのやつが、一瞬で戦闘不能に……ッ!?」

ざわざわとざわめく生徒達の視線の中心に、アルフレッドがいた。

アルフレッドは、セレフィナが試合開始を宣言した直後、杖《つえ》をゆらりと動かしたかと思うと……次の瞬間、ガクン……と、その場に白目を剝いて膝から崩れ落ちてしまったのである。

「ふふ……仕方……ないなぁ……愚民共は、僕がいないと……ダメなんだから……」

とかなんとか、今のアルフレッドは意味不明なことをぶつぶつと壊れた蓄音機のように繰り返すばかりであった。

「ふぅ。とても良い線行っていたんですが……まだまだですね」

そんなアルフレッドの前には、いつも通りニコニコ顔のルティルが佇《たたず》んでいる。

ルティルが指輪を見せつけるように構えた左手の先には……氷でできた鏡のようなものが展開されていた。

「……【反氷晶の鏡】。

この魔法は、あらゆる魔法や呪いを、氷の鏡面に映した術者へ跳ね返します。

貴方の精神支配魔法……確かに凄まじいものでした。

私もこの魔法がなかったら、危なかったかもしれません」

ルティルにしては珍しく、その笑顔の端々に緊張が滲《にじ》んでいるのが見て取れる。

あの無敵の生徒会長ルティルの余裕を、僅かなりにも崩したのだ。

案外、本当に紙一重の魔法戦だったのかもしれない。

のだが――

「なぁ、リクス」

「なんだい？　ランディ」

「俺はまだまだド素人《しろうと》だけどさ。今の一瞬、アルフレッドとルティル先輩の間に、物凄《ものすご》く高度な魔法戦があったんだろうなって、薄々わかる。わかるんだけどさ……」

「まぁ……うん、まぁ……」

リクスも少々苦い顔になる。

確かにランディの言う通り、非常にレベルの高い魔法戦だったのかもしれないが。

客観的に見れば、大口叩《たた》いたアルフレッドが、試合開始直後、どや顔でルティルに向かって杖を変な風に動かしたかと思えば、突然、白目を剝いて倒れた。

……これだけである。

そう、あまりにも高度なのに、あまりにも見ててショボ過ぎる魔法戦なのである。

「なんだよ……あいつ、本当に口だけだな」

「本当、期待外れ」

「アルフレッド君って、マジかっこ悪いねー」

「なんかキモいし」

案の定、今の一戦の次元の違う高度さがわからないクラスメート達からは、白い目で見られていた。

「……俺は涙を禁じ得ない」

「偶然だな……俺もだよ」

ランディとリクスは男泣きに咽《むせ》ぶしかないのであった。

「さて」

前後不覚で医務室へと運ばれていくアルフレッドを尻目に、ルティルが一同へと向き直る。

先ほど、ルティルとアルフレッドが何をやったのか、ほとんど理解できない生徒達であったが……ルティルの魔術師としての存在感と圧だけは、確かな実感となって生徒達を完全に呑《の》んでいた。

「時間が決まってるので、どんどんかかってきちゃってくださいね？

次は誰ですか？」

「くっ……」

逃げることはできない。
戦いもせずして時間切れとなったら、後日、ダルウィン先生が怖すぎる。
恐怖と絶望に気圧《けお》されつつも、生徒達はパラパラと手を挙げ、次なる魔法戦に名乗りを上げるのであった――……

――。

こうして、ルティルｖｓ《白の学級》全員の総当たり魔法戦が始まった。
その結果だが……一言でいえば、ルティルは圧倒的だった。

「……〝舞いて渦巻け、冬嵐〟」
「ひぃいいいいいいいいい⁉」

ある時は、全域面制圧氷結魔法で、圧倒的に。

「……〝凍れ〟」

「うわぁ!?　杖が!?」

　またある時は、ピンポイントの高速氷結魔法で、鮮やかに。

「ひぃっ!?　足がぁ!?」

「残念でしたね。そこにはすでに、魔法罠《わな》を仕掛けてあったんです」

　またまたある時は、立ち回りと戦略を駆使して、クレバーに。

《白の学級》の生徒達は次々と打ち取られていく……

　――――。

「だぁあああああああっ!?　くそ！　ルティル先輩強すぎだろ!?」

　試合を終えて、ふらふら帰ってきたランディが、リクスやアニーの隣にペタンと腰を下ろした（ちなみに試合のダメージは、すでにルティルの治癒魔法によって完治済み）。

「お、お疲れ様、ランディ君」

「惜しかったな」

「どこがだよ？」

アニーのねぎらいを他所《よそ》に、ランディがジト目でリクスを見上げる。

「一撃も入れられなかったぞ？　色々やってみたが、結局、両手両足を凍らされて、このザマだぜ」

「まぁ、そもそも、君は先輩とは相性悪いからな……」

ランディの魔法戦スタイルは風魔法を駆使して、自身を加速したり、風を纏《まと》って防御力を高めたり、拳に風の圧力をためて、接近戦で相手を一気に吹き飛ばすものだ。

凍気で遠近両対応、面制圧攻撃が容易にできるルティルとは、すこぶる相性が悪い。

「とはいえ、君の最後の一か八かの突貫……アレは本当に惜しかったぞ？

あの時、凍った左足をボキンと折り捨てて、残った右足でもう一歩踏み込めば、あるいは拳が届いたかも……」

「できるか、アホォオオオオオオオオオオ⁉」

「え？　できないの？　凍った足は脆《もろ》いから、そんなに難しくはないと思うんだけど」

「物理的には難しくねえかもだけど、心理的な問題で難しいんだよ！　ていうか、ああ、そうだな！　お前なら本当にやりそうだな！」

敵を倒す、と覚悟を決めた時のリクスの、これまでの無茶苦茶ムーブの数々を思い出して、ランディが頭を抱えた。

「しかし……このペースじゃ、アレだな。俺達全滅の流れだな？」

ランディがちらりと試合場を見やる。


「このぉ！　ルティルぅうううううう──っ！」

「ふふっ、上手、上手、セレフィナ」

「な、舐《な》めおってからに──っ！」


今、ルティルと試合を行っているのは、セレフィナだ。

セレフィナは細剣《レイピア》を振るい、無数の炎嵐、炎弾、火球、爆炎を雨霰《あめあられ》と飛ばし、正面から火力で押し切ろうと強引に攻め立てる。

それは、セレフィナの圧倒的な魔力容量と、強固なスフィアに任せた物量作戦だ。

並みの相手であれば、小細工抜きに圧殺完封できたはずだ。

だが──ルティルの魔力と技量は、セレフィナを上回っていた。

あれだけの火力と熱量、手数をもってしても、セレフィナが周囲に展開する凍気に阻《はば》まれ、押し切ることができない。

「しばらく見ないうちに、随分と腕を上げましたね？　お姉ちゃん、褒めてあげる」

「黙れ！　その小癪《こしゃく》なすまし顔も今だけじゃ！

見てろ！　〝進撃せよ、蹂躙《じゅうりん》せよ、紅蓮《ぐれん》の戦輪〟ッ！」

呪文を唱え、細剣《レイピア》を動かしながら、炎の魔力を爆発的に高めるセレフィナ。

場の温度が一気に上がり――

「くらえぇぇぇぇぇぇぇぇ――っ！」

そして、細剣《レイピア》の切っ先で地面を削るように擂《す》り上げ、魔法を放った。

ルティルへ猛速で迫るは、膨大な熱量と炎で形作られた巨大な車輪。

セレフィナ最強の【火焔車輪《かえんしゃりん》】である。

「――っ⁉」

咄嗟《とっさ》に、ルティルは自身の眼前に巨大な氷の壁を展開して、迫りくる炎の車輪を防ごうとするが――炎の車輪は、その氷壁を完全に砕いて炸裂《さくれつ》貫通。

まき散らされる爆炎が、咄嗟に身を引いて車輪をかわすルティルの腕を、微《かす》かに焦がした。

「ぜぇ……ぜぇ……どうじゃ⁉」

息を荒らげながら、得意げに胸を張るセレフィナ。

「あらら……完全に防いだつもりだったのに……」

ちょっと意外そうに、ルティルは目を瞬《しばたた》かせるが、やがて嬉《うれ》しそうにニッコリ笑う。

「ふふっ、セレフィナったら、本当に強くなったのね。凄《すご》いわ」

「フン！　余裕ぶってられるのも今のうちじゃ！　ぜぇ……ぜぇ……ッ！　汝《なれ》の凍気の癖はもう理解した！　はぁ……はぁ……ッ！　これから丸焦げにしちゃるから、覚悟せい！　ぜぇー……はぁー……ッ！」

息は荒いが、意気軒高。

勝負はここからだとばかりに、セレフィナが細剣《レイピア》を構え直すが。

逆にルティルは構えを解いていた。

「……ごめんなさいね、セレフィナ。でも、もう勝負は付いちゃったの」

「なんじゃと!?　何をバカな！　余はまだダメージ一つもらっておらぬ！　愚弄するのも大概──」

セレフィナが噛《か》みつくように叫んだ、次の瞬間。

からん……セレフィナの手から、細剣《レイピア》が力なく落ちた。

「な……？　はぁ……はぁ……なぜ、手に力が……？　そもそも、なんだかさっきから、やけに息苦しい……おかしい、あの程度の魔法行使で余が息を切らすなど……」

「魔力切れじゃないですよ。魔力お化けの貴女《あなた》に魔力切れを起こさせるなんて、そんなの私にだって、難しいんですから」

その時、セレフィナは気付く。

ニコニコと穏やかに笑うルティルや自分の周囲が……なぜか、キラキラと輝いており、その光の輝きが、ふわふわと踊っているのだ。

「こ、これは……ダイヤモンド・ダストか……？」

大気中の水分が、冷気で凍って輝く気象現象に似た光景に、セレフィナは首を傾《かし》げるが……

「惜しいです。これは空気中の水分が凍ってるんじゃありません。空気そのものが凍っているんです」

「――ッ⁉」

物質の三態、気体・液体・固体。

たとえ、大気といえども、極度に温度が下がれば、やがて結晶化して凍る――

「ぐっ⁉　ルティル、汝《なれ》、まさか……ッ⁉」

「気付きましたね……そう、私は戦いながら凍気を操作し、この一帯の酸素のみを選択的に凍らせ、酸素濃度を極端に低下させせました。

今の貴女は、呼吸をしているのに息を止めているのも同じ。酸欠状態というわけです」

「〜〜〜ッ⁉」

「その気になれば、私はこの一帯に完全な無酸素空間を作ることすら可能。

これが私の奥の手──【静寂の冬月】。終わりです、セレフィナ」

ルティルの穏やかな宣言に、セレフィナは絶望の表情で言葉を失うしかなかった。

──そんな二人の戦いの様子に。

「……どうやら姫さんもダメそうだな、ありゃ」

「ああ……」

ランディとリクスは、ため息を吐《つ》く。

やがて、案の定の決着を迎えたセレフィナが、顔を真っ青にしながら、ふらふらと戻ってくる。

「げほーっ！　ごほがほごほっ！　くふっ……」

「お疲れ様、セレフィナ」

「ルティル先輩の方が一枚上手だったなぁ……」

「くっそぉ！　ひ、卑怯《ひきょう》じゃぞ、あんなん！　どうすりゃいいんじゃ！」

すると、シノがため息を吐きながら、言った。

「貴女は、互いのスフィア領域のせめぎ合いにのみ注視し過ぎたのよ。ルティルが戦いながら、周囲にまき散らしていた氷礫《ひょうれき》を魔力基点にして、結界を構築していることに気付かなかったのが敗因ね」

言われてリクスが気付けば、試合場のあちこちに氷礫が散らばっており、それが何らかの幾何学的な図形を構築しているのが見えた。

「あれが……結界というやつか」

「そうよ。魔術師は対峙《たいじ》する相手のスフィアの状態へ集中しがちだからね。スフィア内に集中している魔術師を出し抜くのは至難の業なの。結界は、そういう表向き隙のない魔術師を、意識の外から殺すハメ技よ。気付いた時には、もう遅い……そういう非常に高度な戦法だけど、決まればその威力は絶大。私も魔王時代、何人の魔術師をそれでハメ殺したか」

「ほう……結界……意識の外からね……」

シノの物騒な話に、特に引くこともなく、リクスは興味深げに口元を押さえる。

「スフィアだけでなく、結界も注意しなきゃダメなのか。魔術師って本当に強いなぁ」

「そういう魔術師の強さを、魔法なしで正面からねじ伏せた変態もいたんだけどね」

「？」

ジト目でそっぽ向いてぼやくシノに、リクスが不思議そうに首を傾げた。

「さて……次の挑戦者は誰かいませんか～？　時間が迫ってますよ～？」

試合場の真ん中では、相変わらずルティルがにこやかに笑っているが、最早《もはや》、それは悪魔か邪神の微笑《ほほえ》みにしか見えなかった。

「あーっ！　くそぉ！　どうする⁉　このままじゃ、後でダルウィン先生のお仕置き決定だぞ⁉」

ランディが頭を抱えて嘆く。

「なぁ、シノ！　お前、まだ戦ってないだろ⁉　なんとか勝てねえか？」

「無理」

シノはあっさりと答えた。

「１００％負けるとわかってるから、ルティルとは戦わない。私、無駄なこと嫌いなの」

「そんな！　やってみねえとわからねえだろ、そんなん！」

「わかるわよ。確かに、ルティルを倒す方法は、私、百くらいイメージできるわ。

でもね、今の私には、そのイメージを実現させる魔力とスフィアがないのよ。

私はセレフィナと違って、生まれながらに才能に恵まれた魔術師じゃない。

物凄《ものすご》く長い時間をかけて、後天的に一から身に着けたタイプだから」

「《宵闇の魔王》が、そんな努力家だったとは知らなかったよ」

「ええい、じゃあもう、俺達ダメなのか⁉　ダルウィン先生のお仕置きを甘んじて受けるしかないのか⁉」

「やだなぁ……」

ランディとアニーが恐怖に震えていると。

「……うるさいわね、戦わないとは言ったけど、何もしないとは言ってないわ」

シノが鬱陶しそうにルティルへ向かって歩き始めた。

そして、悠然と立つルティルの前に立つ。

「あら？　次はシノさんですか？」

「いえ。私はやらない」

かぶりを振って、シノが続ける。

「私は試合権を放棄する。その代わり、この後、戦う生徒に一つだけ補助魔法をかける。許可していただけるかしら？」

「あら？　この後、戦う生徒に魔法？」

「そうよ。こちら側が勝負の機会を一つ損失する代わりの補填としては、そうおかしな話じゃないと思うけど……どう？」
その時、シノは気付いた。
なぜかは、わからない。わからないが――ルティルは、いかにも〝その言葉を待ってい
た〟……そんな表情をありありと浮かべていたのだ。
（何？　何なの？　あの表情……？　私……何か選択を間違った？）
相も変わらず底が見えないルティルに、どこか戦慄を覚えていると。
「ええ、いいですよ？　どういう戦法で来るつもりなのか……ちょっと楽しみです」
次の瞬間、闇の深い表情は完全に霧散し、ルティルは柔和《にゅうわ》にそう許可した。
賽《さい》は投げられた。
もう後には引けないし、そもそも他に手段はない。
「……ちっ」
シノは忌々《いまいま》しそうに、舌打ちしながら、リクス達の元へ戻ってくる。
そして、戻りながら自身の髪の毛を一本引き抜き、何事かを呟《つぶや》きながら、その髪に口づ
けし、魔力を籠める。
そして、リクスの手を取り、その薬指に髪の毛を結びつけた。
リクスを人間に留《とど》める、命綱の魔法だ。

「シノ？」

「話は聞いたでしょ？　ほら行きなさい。貴方《あなた》の出番よ、リクス」

シノがリクスを真《ま》っ直《す》ぐ見つめながら言った。

「安心なさい。今回の命綱には改良を施してある。かなり長い時間、保《も》つわ」

「そうか！　リクスの〝光の剣閃《けんせん》〟があったか！　あれが使えるなら！」

ランディが合点《がてん》がいったかのように手を打ち鳴らす。

「ええ。正直、気は進まないけど……貴方が私達の〝切り札〟よ。

貴方が勝てないなら、もうどうしようもないわ」

すると。

周囲の生徒達も、リクスのことを縋《すが》るように見つめてくる。

「た、頼むよ、リクス君……」

「なんだかよくわからないけど、ルティル先輩相手になんとかなりそうなのは、もうリクス君以外にいないよ……っ！」

「ダルウィン先生のお仕置きだけは嫌だ……ッ！」

「いつも通り、常識外れのやらかしをやってくれ……ッ！」

「……了解だ」

リクスは微笑んで力強く頷《うなず》き、剣を確かめて、ルティルに向かって歩き始めた。

「皆、安心してくれ。俺に任せろ。一人あたり、１００エストで引き受けた！」

「「「金取るのかよ⁉　ふざけんな！」」」

クラスメート達の総突っ込みを背に受けながら、リクスはルティルと対峙するのであった――

――――。


「さて……よろしくお願いします、ルティル先輩」

「ふふ、こちらこそ、よろしく。リクス君」

試合場の中心で、リクスとルティルが対峙している。

リクスは剣を抜かず、ゆるく半身に構え、剣の柄《つか》に手をかけた状態で。

ルティルは両手を隠すように背中側で手を組んだ状態で。

互いに、十メートルほどの距離を開け、見据え合っている。

試合開始の合図はすでに済んでいる。

今はただ、相手の初手に注視し、様子を窺《うかが》い合っている状況。

まるで、針の筵《むしろ》のような緊張感が、その場にのしかかる。

「「「「…………」」」」

二人を見守る生徒達にとっては、自分達が、ダルウィンから地獄のしごきを受けるか否《いな》かの瀬戸際《せとぎわ》だ。誰もが固唾を呑んで二人の動向を見守っていた。

(さすがだなぁ、ルティル先輩)

リクスは、ルティルを注視しながら、もの思う。

(ああして自然体で佇《たたず》んでいるだけなのに……まったく隙がないや。まるで歴戦だよ)

こうして対峙しているだけでわかるルティルの実力に、内心舌を巻くしかない。

だが、どうしても、とある疑問がリクスの中でぶくりと浮かんでくる。

(おかしいなぁ。ルティル先輩って、確かこのエストリア公国の公女様だったよな？

だとしたら……一体、どこで……？)

ルティルについて、リクスがとある確信めいたことを考えていると。

不意に、ルティルがくすりと口元を歪《ゆが》めて、リクスにだけ聞こえる声で言った。

「ふふ、リクス君。私を殺す気で来てくださいな」

「……っ」

真意を測りかね、リクスが眉をぴくりと揺らす。

「大丈夫、大丈夫。私、強いですから。リクス君でもそう簡単には殺せません。それに……殺す気で来ないなら、多分、貴方、死んじゃいますよ？」

そんな挑発するような、それでいて何かを楽しんでいるかのような、穏やかだが獰猛《どうもう》な笑みを浮かべるルティルに。

「……へへっ」

リクスは、己《おの》が魂が熱くなるのを感じた。

（いや、いかんいかん！　こんなことで熱くなっちゃいかん！　まーた、戦いとは無縁の世界で生きるっていう社会復帰から遠ざかる……だけどな……）

やはり、どうしても、リクスの根っこの部分にはあるのだ。

この強敵を前に、自分の剣がどこまで通用するのか？　この強敵を剣で降《くだ》すにはどうしたらいいのか？

そんなことにわくわくして胸躍る、そんな剣士としての本能のようなものが。

そんな自身の獣のような一面を、呼吸で抑えつつ、リクスは宣言した。

「――行きます！」

刹那、リクスが一気にルティルへ向かって駆けた。
リクスの超人的な身体能力がなす、空間をすっ飛ばすような踏み込みの速度。
だが――リクスはすでに、ルティルのスフィア領域内にいる。
そこはルティルの絶対支配域であり、リクスにとっての死地だ。
当然、ルティルは素早く手を振るい、魔法を起動。
即座に、リクスの両腕、両足を、ノータイムで凍結させにかかる。
パキパキと凍り付いていく、リクスの手足――
「うわぁ！　だよな⁉」
「やっぱ、あのアホのリクスでもダメかぁ⁉」
悲鳴を上げるクラスメート達。
だが――

――翻《ひるがえ》る〝光の剣閃〟。

神速の抜剣と共に走る剣が、ルティルのスフィアを、魔力の流れを、〝斬った〟。

リクスの両腕両足を直接凍結させようとしていた凍気が、たちまち霧散する。

そして、斬り裂かれたルティルのスフィアは乱れ、再展開までの刹那の瞬間、ルティルの魔法の発動が封じられる――

「はぁああああああああああああああ――ッ！」

刹那、左足の一蹴りによる踏み込みで、間合いを一気に消し飛ばし、リクスは閃《ひらめ》く稲妻のように剣を振るった。

文字通り、ルティルを斬り殺すつもりで振り下ろした。

だが――金属音。

激しく飛び散る火花。

「ふぅ、危ない」

「ッ⁉」

なんと――ルティルはリクスの必殺斬撃を、頭上に両手で構えた〝剣〟で受け止めていたのだ。

無論、ただの剣ではない。

薄く透き通る氷で形成された、氷の剣。

リクスにスフィアを断ち斬られる前に、すでに用意していたらしい。

刀身から放たれる凍気が、周辺の空気を凍らせ、刀身周りに発生した空気の結晶が、キラキラと残酷なまでに美しく輝いている。

この剣の近くで呼吸をしているだけで、肺が凍り付いていく。

交差するリクスの剣から熱をあっという間に奪い、剣を握るリクスの手の血がどんどんと凍っていく。

いけない、と直感し、リクスは即座にその場から離脱。

後方へ飛び下がるのであった。

仕切り直し。

だが——ルティルはそれをさせない。

「——ふっ！」

なんと、リクスの後退に合わせ、同時に鋭く踏み込んだのだ。

彼我の距離がまったく変わらない。

氷の剣から放たれる異様な凍気が、リクスを凍らせ続ける。

さらに——

「はぁ——っ！」

ルティルが氷の剣を振るった。

それは、まるで舞い踊るかのような華麗な剣舞だった。

リクスの上・中・下段に駆け流れる星のような斬撃三連。

リクスは、咄嗟《とっさ》に辛《かろ》うじてそれを剣で受け止め、受け流し、叩《たた》き落とすが──氷の剣に触れる度、剣を通して凍気がリクスの血を凍らせていく。

そして、とどめとばかりにルティルが、身を優雅に翻し、全身の発条《ばね》を利《き》かせ、放たれた矢のような刺突をリクスの喉元めがけて放った。

だが、それを──


──叩き割る〝光の剣閃〟。


リクスは、自分に向かってレーザーのようにまっすぐ伸びてくる氷の剣を、左右二枚おろしに割った。

「──ッ⁉」

次の瞬間、バラバラに砕け散り、四散していくルティルの氷剣。

さすがのルティルも、まさかそんな風に自分の攻撃が捌《さば》かれるなど予想外であったらしく、思わず目を見開く。

だが、リクスも剣を握る右腕を中心にかなりの血を凍らされ、追撃は敵《かな》わない。

今度こそ、その場から飛び下がり、離脱する。

あの氷の剣の凍気は凄《すさ》まじいが、有効射程はさほどでもないらしい。

距離を取ることで、リクスの凍りかけていた血は一気に溶け、リクスの腕を血が通い、再び自由に動かせるようになる。

だが、その隙に、ルティルは新たな氷の剣を、その手に生み出していた。

戦いは、振り出しに戻る——……

「くそぉ！　ルティルのやつ、まだあんな手札を残しておったのか！」

「ていうか、剣まで使えるのかよ⁉　しかもリクスとやり合えるレベルで⁉」

あまりにも底が見えないルティルの立ち回りに、セレフィナが悔しがり、ランディが頭を抱える。

そして、一瞬の攻防ではあったが、素人目《しろうとめ》にも見てわかる、その息詰まる高次元の戦闘に、クラスメート達は自分達の命運がかかっていることも忘れ、大興奮だ。

「す、すげぇ！　リクスのやつ、マジで凄《すげ》ぇ！」

「あいつ、あれで本当に魔法が使えないのか……？」

「もうなんでもいいや！　がんばれ！　がんばってくれぇ！」

「やっぱり、アルフレッド君より、リクス君ね！」

そんなクラスメート達の言いたい放題を尻目に、シノが小さくため息を吐《つ》く。

「……一応、アルフレッドの名誉のために言っておくけど。

魔術師同士の魔法戦の次元と高度さとしては……今のリクス達の攻防より、アルフレッドとルティルのあの一瞬のせめぎ合いの方が、遥《はる》かに上だったんだけど」

「まぁ……高度すぎて、私達のレベルだとわかりにくいから……」

シノの解説に曖昧に笑うしかないアニーであった。

そして、そんな周囲の観客達を他所《よそ》に、リクスは油断なくルティルを見据え、剣を構えながら言った。

「……さすがっすね、ルティル先輩。まさか、剣まで使えるなんて」

「ありがとうございます。リクス君の剣技と比べたら児戯のようなものですけどね」

「ははは、冗談。謙遜は嫌味っすよ？」

どこをどう考えても、ルティルの剣技は、貴族が嗜《たしな》みで手習うような御座敷《おざしき》剣法ではない。

まさにリクスと同じ、熟練の実戦剣技だ。

リクスは自分の剣の間合いで戦えば、ルティル相手に有利を取れると思っていたが、そのアドバンテージはなきに等しいと言って良かった。

「いやぁ、ほんと、マジで、先輩ほどの剣の使い手、そうそういないっすよ？

あはは、その域になるまで、何人くらい斬ったんすか？」

だから、リクスは、つい傭兵《ようへい》としての感覚で、世間話でもするかのような気軽さで、そんなことを聞いてしまう。

「もう、リクス君ったらご冗談を。女の子に向かって、そんな発言は駄目ですよ？」

ルティルは、リクスの妄言など特に気に留めず、穏やかに流す。

が――


「え？　でも、ルティル先輩って……多分、相当、殺害数《スコア》を稼いでますよね？」


キョトン、と。

リクスが不思議そうに、だが、何の疑いも迷いもなく、そう言っていた。

「…………」

微笑《ほほえ》みのまま、押し黙るルティル。

「ん？　今、リクス君、何を言ったの？」

「さぁ……よく聞こえなかったな……」

幸い、他の生徒達にはリクスの言葉は聞こえなかったようだが、リクスとルティルの間には、どうにも微妙な沈黙が漂っていた。

「……どうしてそう思いますか？」

「いや、だって……俺と同じですし……」

それは、リクスの確信だった。

無論、罪なき弱者を殺したとか、罪を犯したとかではないだろう。

弱者を斬っても、経験値にはならない。

恐らくは戦場で、あるいは闘争で。要するに、リクスと同じく〝戦士〟として、ルティルは相当の修羅場を潜《くぐ》ってきているのだ。

ルティルは、リクスと同じ側の人間なのだ。

ならば――この実力も頷《うなず》ける。

「でも、不思議だなぁ。ルティル先輩って、この国のお姫様ですよね？

一体、そんな立場の人がどうして、そんなことを……？」

「…………………」

答えず、ルティルは、いつも通りの微笑みのまま押し黙っていた。

リクスは己の失言を悟る。

「あ、すんません。余計なこと詮索してしまって……」

「……いえ。でも……わかってしまうんですね、本職の方には」

「それは……」

「あはは、失望しました？　私が人殺しで」

ルティルが曖昧な笑みを浮かべ、どこか自虐的にそう問うが。

「えっ？　いや？　全然？」

リクスはキョトンとしていた。

「だって、俺自身、ぜーんぜん、人のこと言えませんし？

そもそもルティル先輩は、この学院のために、俺にはよくわかんない色んなことを、色々と考えてる、とても立派な良い先輩じゃないっすか。

だから、俺、先輩のこと、超尊敬してますよ？　まぁ……きっと昔、何か色々あったんすよね？　俺、そんなん全然気にしませんから！」

「…………」

すると、ルティルも意外そうに目をぱちくりと瞬《しばた》かせて、やがてふっと笑う。

「リクス君って……やっぱり面白い人」

「えー？　そっすかぁ？」

微妙に納得いかなそうなリクスへ、ルティルは続けた。

「なんだか……貴方《あなた》のこと、もっと知りたくなっちゃいました。

差し当たっては……貴方のその不思議な〝光の剣閃《けんせん》〟」

「……っ！」

ルティルの言葉に、リクスははっと息を呑《の》む。

「噂《うわさ》には聞いていましたが、実に見事な〝技〟です。

まさか……魔法やスフィアを、ああもあっさり斬ってしまうなんて……魔法以上に、魔法じみてますね」

「そっすか？　まぁ、俺にはこれくらいしか取り柄ないし、俺自身、この光の剣閃の原理なんて、さっぱりなんですけどね、あっはははははは！」

リクスが冗談めかして笑う。

だが——

ルティルは口元を冷たく歪《ゆが》めて、ぼそりと言った。

「その光の剣閃は……　〝概念を斬る剣〟ですよ」

「……ッ!?」

意外なルティルの言葉に、リクスはさらに息を呑む。

そんなリクスへ、ルティルは感情の読めない表情で、さらに続けた。

「リクス君。剣とはね……人類史において、人類が生み出したもっとも古い武器。

大昔、金属を手にした人間が、何かを殺すために、明確な目的と殺意を持って生み出した初めての〝武器〟。

以来、鍛造の技術も、剣を振るう技術も、長きにわたる人の歴史の中で、多くの人々の歴史の中で淡々と、脈々と受け継がれ、鍛えられ、研ぎ澄まされ続けてきました。

積み重ねられた歴史があるんです。〝剣〟という概念には」

「……ルティル先輩？」

「魔術師の魔法理論の一つに〝古きに力は宿る〟……とあります。

わかりますか？　〝剣〟というのは……ただそれだけで一種の概念武器なんです。

剣という存在が、概念自体が、最早《もはや》一種の完成された魔法であると言っていい……」

リクスには、ルティルの言っていることはさっぱり意味不明だった。

目を瞬かせながら、困惑するしかない。

「……続けましょう、リクス君。もっと、貴方を……貴方の剣を、私に見せてください」

そう言って。

ルティルは、全身に纏《まと》う凍気を高めていくのであった——

——。


「うおおおおおおおおおおおおおお——ッ！」

リクスが駆ける。駆ける。駆け抜ける。

剣を構え、ルティルへ向かって真っ直《ま》ぐ《す》——

「ふ——ッ！」

対し、ルティルが氷の剣を頭上へ優雅に掲げる。

ルティルの頭上に、凄まじい凍気が渦を巻いて。

次の瞬間、ルティルの頭上に、無数の氷の槍《やり》が形成される。

ルティルが氷の剣を振り下ろすと、それに従って、頭上に浮かぶ氷の槍達が、一斉に、
リクスへ向かって、高速で殺到する。

「はぁああああああああ——っ！」

迫り来る無数の氷の槍を、リクスは迎え撃つ。

リクスが振るう、光の剣閃。

迫り来る氷の槍を斬り落とし、叩《たた》き割り、砕き――リクスは、斬って、斬って、斬りまくる。

断ち斬られた氷の槍は例外なく、霧散していく。

その霧散の際に生じる凍気の残滓《ざんし》が、リクスの肌を凍り付かせていくが、それでも構わずリクスは、片端から氷の槍を斬りながら前進。

その駆ける速度は、まったく揺らぐこともない――

「――は！」

みるみる詰まる距離に、ルティルは眼前に巨大な氷の壁を展開。

だが、リクスはそれすらも光の剣閃で真っ二つに叩き割って――

「でやぁああああ――っ！」

斬ッ！

その割れ砕けた氷の壁の向こう側にいたルティルを、袈裟《けさ》懸《が》けに斬り伏せる。

――が。

そのルティルの姿は、突然、真っ白になって色を失い、さらさらと粉雪となって、吹き流れていく――

（雪!?　雪の像!?）

そう気付いた瞬間、リクスの背後には氷の剣を振り上げたルティルの姿がある。

「……ッ！」

無言で容赦なく、ルティルが氷の剣を振り下ろす。

振り返りざまに剣で受け、壮絶な斬撃を受け流す――が、受け流しきれず、リクスは左肩に浅く貰《もら》う。左肩が凍る。

「――ッ！」

だが、ただでは終わらない。

そのまま凍《い》てついた左肩で、ルティルの胸部に体当たり。

どんっ！　と、凄《すさ》まじい衝撃がルティルの身体《からだ》を震わせる。

肩の凍った箇所と凍ってない箇所の境が裂け、血が盛大に噴き出す。

ルティルは咄嗟《とっさ》に自分の胸部に展開した氷の盾で防いでいるが――それは、リクスのフェイク。

本命は――続く左手に持った剣の柄頭《つかがしら》の一撃だ。

「――ッ⁉」

ルティルの腹部に入る、壮絶な柄頭の一撃。

これもルティルは、咄嗟に展開した氷の盾で防いでみせたが、薄い。

氷の盾は割れ砕け、衝撃がルティルの腹部を突き抜ける。

ルティルの臓腑《ぞうふ》が確実に痛み、ルティルの身体が浮く。

だが、ルティルが苦痛を表情に浮かべたのは一瞬、すぐさま、に、と口元を歪めて――

「ふ――ッ！」

鋭く息を吹く。

リクスの目に浴びせかけられる、凍気の吐息。

咄嗟に反応し、リクスは顔を背けるが――左目が完全に凍らされ、使い物にならなくなった。

「ち――っ！」

「く……ッ！」

両者共に、この一合で少なからずダメージを負い、互いに距離を取って飛び下がる。

「はぁ……はぁ……」

「ふぅー……ふぅー……」

互いに荒い息を吐きながら、次なる機を窺《うかが》い睨《にら》み合っている。

そんな二人の戦いを固唾を呑んで見守っていた生徒達が、呟《つぶや》いた。

「……す、すげぇ……」

「なんて攻防だ……」

「さっきからずっと、互いに紙一重な展開ばっかり……」

「息が詰まりそうだ……」

「で、でも……何かあの二人……怖くない……？」

それは、ランディ達も同じだったらしい。

「なぁ……あの二人、本気で殺し合ってないか……？」

「は、ははは、まさか……さすがにそんなことは……」

ランディの疑問に、アニーが自信なさげに答える。

「……いや、二人とも、マジじゃ」

「…………」

だが、セレフィナとシノは険しい顔で、二人の戦いを見据えていた。

(恐らくは……ルティルが、本当にリクスを殺す気で仕掛けているからじゃ。対し、リクスは歴戦の傭兵《ようへい》として立ち向かわざるを得ない。もう、ここは魔法戦教練の試合場ではない。戦場じゃ)

がり、と。

セレフィナが歯噛《はが》みする。

(だが、なぜ⁉　なぜ、そこまでする⁉　ルティル！

汝《なれ》はリクスに近づいて、殺し合いまで仕掛けて……一体、何をしたいんじゃ⁉)

今にも飛び出しそうなセレフィナの横で。

「…………」

シノがいつになく険しい表情で、ただ、リクス達を見つめていた。


「実に、素晴らしいです、リクス君」


戦いの最中、ルティルはふと相好を崩した。

すでに、二人は三十分近く、こうして戦い続けている。

互いに少なからず手傷を負い、ボロボロで血まみれだった。

だが、それでも血に塗《まみ》れたルティルの顔は、なお女神のように美しかった。

「それが……貴方の〝光の剣閃〟。

かつて、《黎明《れいめい》の剣士》が《宵闇の魔王》を滅ぼした、魔法を超えた最強の剣技。

こうして、伝説の再来を目の当《ま》たりにできて……ふふっ、私、興奮と感動を禁じ得ませんわ」

「……ルティル先輩」

「でもね、リクス君。そんなものじゃないはず」

「……ッ⁉」

眉をぴくりと動かすリクスに、ルティルが穏やかに続ける。

「さっきも言ったでしょう？

〝剣〟とは……ただそれだけで、一つの概念であり神秘なのだと。

人は殺すために、剣を鍛え続けた。

より優れた鍛造の技術を。より優れた殺しの術理を。

その多くの世代を超えた幾星霜《いくせいそう》の果てしなき研鑽《けんさん》の極地の果てに——とある剣士が、自ら一振りの〝剣〟となる境地へと至りました。

そう。人は剣を極めるあまり、ついに剣すら必要なくなったんです」

「……まさか、それが《黎明の剣士》……？」

答えず、ルティルがにっこりと笑った。

微笑《ほほえ》みながら、ルティルが真っ直ぐにリクスの目を見つめてくる。

まるで……魂が吸い込まれそうな感覚だった。

リクスの意識が遠くなってくる。

ただ、闘争本能だけが、剣を握り、呼吸をしているような感覚となってくる――……

「リクス君……貴方《あなた》はそんなものじゃないはず。その程度じゃないはず。

もっと……もっと上があるはず。高みがあるはず。極みがあるはず。

見せてください。魅せてください。

貴方の剣を――貴方自身の剣を。

貴方が一振りの剣となった、その瞬間を……ッ！」

なんだか、ルティルの声を聞いていると、気分がふわふわしてくる。

確かに、ルティルの言う通りだと。

むしろ、自分がその極みに至ってみたいと。

渇望《かつぼう》じみた衝動が、次第にリクスの心を蝕《むしば》んでいく。

「……リクス君……」

その時、ルティルの全身から凍気が渦巻き、吹き荒れる。

ルティルとリクスの周囲を、凍てついた空気の結晶が舞い踊り、キラキラと不気味な死の輝きを幻想的に放ち始める。

先ほど、セレフィナが完全にやられた結界――【静寂の冬月】だ。

警戒はしていたのに、どうやらいつの間にか嵌《は》められたらしい。

「これは、先ほどセレフィナを転がした時とは、比べ物にならない結界です。貴方の死へのカウントダウンは……もうすでに始まっているんです」

そう冷酷に言い捨てて、ルティルが氷の剣を構えた。

「……わかってますね、リクス君？」

「…………」

この追い詰められた状況に、リクスは口元を歪《ゆが》めた。

リクスの戦士としての本能は悟る。

このルティル先輩は、本気で俺を殺す気だ。容赦しない。

リクスの全身を襲う焦燥と、死への恐怖。そして、絶望。

されど――心は躍る。

強敵を斬ってこその剣。屍《しかばね》の上に勝利を積み上げてこその剣。

リクスが、どれだけ戦いを忌避しようが、人として生きたいと願おうが……その根幹には、魂の奥底には、〝剣士〟としての性《さが》がある。

目の前には、この学院にやってきて以来の極上の敵。

今までの今一興の乗らない連中とはわけが違う、本物の武人だ。

剣に生きる剣士として、これほど熱くなれる瞬間が、生涯どれほどあろうか？

この場は、吐く息すら凍る氷結地獄だが。
リクスの身体は、魂は、心は、焦熱地獄の釜の底のように熱く滾《たぎ》っていた。
だから、まるでそうするのが自然なように。最初から定められていたかのように。
ぱちん、ぱちん、ぱちん、と。
リクスは自身のあらゆる感覚のスイッチを落としていく。
〝この女を斬る〟。
そのために必要のない、無駄を全て削《そ》ぎ落としていく。
あれほど嫌悪《けんお》していた剣先の〝光〟が。
今はまるで、リクスを導く女神の福音のようだった。
今のリクスには、先ほどルティルが言っていたことの意味がなんとなくわかる。
〝剣を極めた果てに、自らが一振りの剣となる〟。
それは、つまり――……

「それでいい」

この瞬間、剣士として凄《すさ》まじい勢いで高みに駆けのぼっていくリクスを前に、ルティルは恋《こ》い焦がれて夢見るような表情をしていた。

「やっと……やっと、見つけました、私の――……

……これで……ようやく……」

それは、まるで恋する乙女のようで。

それでいて……もうとっくに壊れてしまった人形のようでもあって。

「……行きます」

「…………」

ルティルとリクス。

両者が互いの全てをかけて、激突する――まさに、その瞬間だった。

ずしん。二人の双肩《そうけん》に、凄まじい重力が圧《の》し掛かった。

「――ッ⁉」

「くっ⁉」

あまりの重さに、リクスとルティルが膝をつく。

「負けでいい」


ふと気付けば。

ルティルとリクスの間に、シノが割って入っていた。

リクスをかばうように立ち、這《は》いつくばるルティルを見下ろしている。

「リクスの負けでいい。もう試合は終わりよ」

そう一方的に言い捨て、もう顔も見たくないと言わんばかりに、ルティルから視線を外すシノ。

「……シノ……？」

我に返って目を瞬《しばたた》かせるリクスの前に立つシノ。

ちらりと視線を動かし、リクスの薬指に巻き付けた髪が、もう完全に焼き切れているのを確認すると。

シノは、リクスへ両手を伸ばし、無言でリクスの両ほっぺを引っ掴《つか》み、左右にぐにーっと引っ張った。

「いだだだだだだ!?　なんだ!?　どうしたんだ、シノ!?」

「黙れ。このお馬鹿。お馬鹿。お馬鹿」

ぐにぐにぐにぐにぐに〜〜っ！　シノは機械のように淡々とリクスを折檻《せっかん》し続ける。

そんなリクスとシノのやり取りを見て、クラスメート達が嘆き始める。

「ま、負けた……負けたのか……？」

「じゃあ、俺達、全員ダルウィン先生のしごき対象ってこと……？」

「なんだよ……リクスのやつ、結構、いいとこまで行っていたのに……ッ！」

「シノのやつ、余計なことを……ッ!?」

だが。

「……何か？」

「「「ひっ!?」」」

不意に、シノから絶対零度の視線を向けられ、恐怖で押し黙ってしまうのであった。

「あらら……」

一方、ルティルは唐突に終わったこの展開に、まるで拍子抜けしたように、リクスとシノの様子を見つめていると。

「…………」

そんなルティルの前に、肩を怒らせたセレフィナがズカズカと大股でやって来る。

「あら？　セレフィナ？　どうしたの――」


ぱぁん！


答えず、セレフィナは思いっきり手を振り上げ、猛烈な平手でルティルの頰を打っていた。

「…………」

逆らわず、顔を逸らしたままのルティル。

何事かと、目を剝《む》いて硬直する生徒達。

そして、セレフィナは、そんなルティルの胸倉を摑み上げ、吠《ほ》え掛かった。

「ルティル……ッ！　自分が一体何をしようとしたのか、わかっておるのかッ⁉」

「え？　なんのこと？　言っている意味がよくわからな――」

「ふざけるなッッッ！」

セレフィナの怒声に、周囲の生徒達がびくりと震えた。

「すっとぼけるのも大概にせい！　貴様、何か知っ、てる、な⁉」

「………」

「最早《もはや》、阿呆《あほう》でもわかるわ！　貴様は、リクスの何かを知っている！
色々謎が多すぎるこの男の、核心に迫る何かを！
色々と方々に小癪《こしゃく》な手を回して、リクスに近づいたのは、そのためじゃろ⁉」

「………」

「言え！　ルティル！　汝《なれ》は、一体、リクスで何をしようとしておるのじゃ⁉」

すると。

「……酷《ひど》いわ、セレフィナ……」

ルティルは目尻に涙を浮かべ、そっと視線を逸《そ》らす。

「確かに……さっきの試合はやりすぎたわ。反省している。
だって、リクス君が私の予想を超えて強くて……私、つい熱くなっちゃって……手加減できなくなっちゃって……
でも、リクス君は私の可愛《かわい》い後輩なんですよ？　そんな……彼を使って、何かを企《たくら》むなんて……そんなことあるわけないじゃないですか！」

その時、セレフィナは、背筋の震えを覚えていた。ルティルが怖かった。

なぜなら、涙ながらにそう訴えかけてくるルティルのその顔。その表情。

それはあまりにも必死で、真摯で。

本当に嘘偽《うそ》りなく、言葉通りそう思っているとしか、思えなくなってくるからだ。

「くっ……」

騙《だま》されている。騙されかけている。わかっているのに納得しかけている。

最早、この弁舌と演技力は、魔法のレベルといっていい。

この女は——魔女だ。

一体、この手管で、今までどれだけの人間を手玉に取ってきたのか。

だから、せめてものささやかな反撃とばかりに。

セレフィナは絞り出すように問いを投げた。

「ルティルよ。今の自分の姿……兄様に……リシャールに誇れるか？　胸を張れるか？」

その瞬間だった。

「あ？　リシャール様は関係ねえだろ。殺すぞ」

突然、まるで深淵《しんえん》の奈落の底のような目で、まるで煮《に》え滾る地獄の釜の底から響いてきた音のような声で。

ルティルは、超特大の呪詛《じゅそ》をセレフィナに叩《たた》きつけてきた。

（——ッ⁉）

ぞくりとセレフィナの背筋を駆け上る、〝死の恐怖〟。

〝殺される——〟。

それは最早、確信となり、反射的な生存本能がセレフィナの手を衝《つ》き動かし、細剣《レイピア》の柄を摑もうとするが、それはあまりにも遅く——


「まぁーまぁまぁまぁ、二人とも」


その瞬間、リクスが空気を読まずに、ずいっと二人の間に割って入っていた。

たちまち霧散する、ルティルとセレフィナの間に漂っていた緊張感。

知ってか知らずか、リクスが呑気《のんき》に二人を宥《なだ》め始める。

「なんだかよくわかんないけど、喧嘩《けんか》はよくない。やめよう。落ち着いて話し合えば、わかりあえるはずさ」

セレフィナは命拾いした安堵《あんど》に、ふぅーと深く息を吐きつつ平静を装《よそお》って、リクスに食ってかかる。

「な、何を呑気な！　汝《なれ》、わからんのか⁉　汝《なれ》はこの女のせいで、人間やめさせられるとこだったんじゃぞ⁉」

「あー、うーん、そう？　まぁ……ちょっと危なかったけどさぁ」

対するリクスはどこまでも呑気だった。

「でも、それって、別に先輩のせいじゃなくない？」

「はぁ⁉」

「！」

素っ頓狂な声を上げるセレフィナと、どこか驚きを隠せないルティル。

「ぶっちゃけ、こう……俺のせいじゃん？

あははは、いやぁ、先輩が俺の想像を超えて強くてさぁ……なんだか、楽しくなってきちゃってさぁ……頭のどこかではわかってたんだけど、こう……つい、全力出しちゃったっていうかさぁ……だから、俺が悪いんだよ、心配かけてごめんな」

「な、な、な……」

「しかし……やっぱ俺って戦いの世界から抜けられないのかな……凹《へこ》むぜ……」

「何をぬかしとるかぁぁあああああああああ⁉」

軽くショックを受けている風のリクスの胸倉を摑み、セレフィナが吠え掛かる。

「さっきのはどこをどう考えても、この女が、汝《なれ》を手玉に取って——ッ⁉」

「見損なうなよ、セレフィナ。俺は、もう人形はやめたんだ。

命の使いどころは、自分の意志で決める。

人として生きたい。皆と一緒にいたい。そういう望みを差っ引いても……さっきの先輩との一戦は、それでも剣士として命を張るに値する凄《すご》い戦いだったんだよ。

君も武人の端くれなら、わかるだろう？　そういう気分」

「そ、それは……ッ⁉」

「ルティル先輩が、ただ強いだけの相手なら、死の気配をちらつかされた程度じゃ、絶対に全力では応じなかったよ。

なぁなぁに善戦して、適当に終わらせていたと思う。

そこに俺の意志がなかったとか、俺が騙されていただけだとか、さすがにやめてくれ。

あれは——俺の意志と選択だったんだ」

「汝《なれ》は……」

何かを言いかけ、それを噛《か》み殺し、セレフィナが、はぁ〜っと息を吐く。

「……まったく。やはり汝《なれ》の真っ当な人としての社会復帰は、もうコレ絶望的じゃろ。

じゃーから、余の家臣になれと言ってるんじゃ。

汝《なれ》のような危ういやつは、余のような絶対的存在が、首輪を付けて飼ってやらねば、いつか必ず道を踏み外す」

「うーん、耳が痛い」

「まぁ、良い。これ以上の追及は、汝《なれ》の剣士としての矜持《きょうじ》に障《さわ》るだろうからな……もう言わん。

だが、肝に銘じておけ。今の汝《なれ》は、どこで野垂れ死のうが関係ない、ソロの傭兵《ようへい》ではない。エストリア魔法学院の学生であり、余らのかけがえのない友人じゃ。

もう汝《なれ》の身は、汝《なれ》一人のものではない。

以降、勝手な真似《まね》はやめてくれ。これは……汝《なれ》の友としての〝お願い〟じゃ」

「うん……そうだな、ごめん……なんかこう……ノリとテンションに任せて、ついとんでもないことしちゃったよ……そこは反省する」

そう言って。

リクスはセレフィナ達から離れ、シノ達の元へと戻っていく。

「………………」

ルティルは、そんなリクスの後ろ姿をじっと見つめている。

「不服そうじゃな？」

そんなルティルを見て、セレフィナが勝ち誇ったように笑った。

「い、いえ……別に……」

「仮面が剝がれておるぞ、顔に書いてあるわ。

完全に手玉に取っていたと思っていたリクスが、実は全然手玉に取れておらず、ただの素の行動だった……結果はともかく、過程が自分の思い通りではなかった……フン、それがそんなに不服か？」

「わ、私は別に、そんな……」

「フン。どうだか。まぁよいわ。だが、これだけは言っておく」

セレフィナがルティルを睨《にら》みつけながら、言い捨てた。

「汝《なれ》の手には、リクスは余る。やめとけ」

「……っ」

「汝《なれ》がリクスに近づいて、何を企んでいるのかは与《あずか》り知らぬが……いや、一つだけ心当たりが出てきたがな。

それはさておき、リクスはな、貴様が今までその小癪な色香で手玉に取ってきた、十把《じっぱ》一絡《ひとから》げの男共とは違うのだ。彼奴《きゃつ》は決して、汝《なれ》の思い通りにはならぬ」

「ふふ……そうかも。彼は他のつまらない殿方達とはちょっと違うみたい。

でも……ますます、そんなところが気に入っちゃったわ」

セレフィナの挑発を、ルティルは笑み一つでさらりと流して、妖艶《ようえん》に微笑《ほほえ》む。

「どうしても、彼を味見してみたくてね……今回、ちょっと大胆に攻めてみたの。

もちろん、今回の件で、彼の私に対する心象を挽回《ばんかい》するための策は、二十通りくらい完璧に用意していたわ。

その一つか二つくらいで、大抵の男はコロッと丸めこめるのだけれど……まさか、全部必要ない男がいるなんて思わなかった。逆に彼みたいな人は……初めてかな」

「じゃろうよ。そういてたまるか、あんな男」

「彼は、きっと、私の物にしてみせる。悪く思わないでね、セレフィナ」

そう挑発するように言い捨て、髪をさらりとかきあげて。

くるりとルティルが踵《きびす》を返して立ち去り始めた瞬間、授業終了の鐘が辺りに響き渡るのであった。

「……ルティル……」

セレフィナは、その背を何かもの言いたげな目で、じっと見送るしかなかった……

第六章　ルティル対策会議

「――と、いうわけで！　これから、かねてから通達していた通り、第一回、ルティル対策会議を始めるぞ！」

『魔法戦教練』でのルティルとのいざこざから一週間。

以来、毎日毎日、リクスにべったりなルティルに業を煮やしたセレフィナは、いつものメンバーを集めて、会議を開いていた。

本日は、週末の休日。

《白の学級》寮舎の談話室にて、テーブルを囲むように集った一同の前で、セレフィナが力強く音頭《おんど》を取っている。

「そうね。そろそろいい加減、あの女の身勝手に、うんざりしてきたところだわ」

「私もさすがにちょっと捨て置けないかも」

「なんだかよくわかんねっすけど、戦争前の作戦会議みたいなもんっすよね⁉　やろうやろう！」

シノ、アニー、トランはそれぞれ気合充分。

「本来なら、俺は場違いなんだけどな……でも、さすがに、ルティル先輩のリクスに対する執着は異常だ。なんか嫌な予感がするから、是非、意義ある会議にしたい」

ランディもどこか神妙な顔で腕組みしながら頷《うなず》いていた。

「うむ！　ランディの言う通り、ルティルは明らかに、リクスという男を、自分の支配下に置きたがっている節がある！

エストリア公王家の公女たるルティルが、どこの馬の骨やもわからぬリクスをじゃ！

誇り高き貴族たる者が、下賤《げせん》な一傭兵に異様なまでに執着し、己《おの》が配下にせんとみっともなく自ら尻尾を振るとは貴族の風上にも置けぬ！　恥を知れ！」

「……それ、姫さんにもぶっ刺さらね？」

「シャラップ！　とにかくじゃ！

その一。一体、ルティルはなぜ、リクスを狙っているのか⁉

その二。リクスを掌握して、一体何をしようとしているのか⁉

まずは、そこから一つずつ明らかにしていくべきじゃろう！」

「ふん。一に関してはもう言うまでもないと思うけど」

シノが鼻を鳴らして、忌々《いまいま》しそうに言い捨てた。

「――〝光の剣閃《けんせん》〟。かつて、《宵闇の魔王》を倒した《黎明《れいめい》の剣士》の謎の剣技。魔法を超えた、何か。あの小賢《こざか》しいルティルが、リクスに対して何か利用価値があるとしたら……それ以外にないじゃない？」

「だろうなぁ。リクスといえば、確かに〝光の剣閃〟みたいなとこあるからな」

「むっ⁉　なんじゃ、ランディ！　その言いぐさは！

それじゃ、まるでリクスが〝光の剣閃〟だけが取り柄の男みたいではないか⁉

他にもいいとこあるんじゃぞ⁉　わりと優しいし！　案外紳士だし！　陽気なやつだから話してて楽しいし！　あとは――」

「ええい、面倒臭《くせ》ぇ！　話が進まねえ！」

顔を赤らめてムキになって反論してくるセレフィナに、ランディが叫んだ。

「まぁ、ルティルのリクスに対する執着の理由に、その〝光の剣閃〟が大きく関与していることは間違いないわね」

すると、シノが分厚い紙の束を取り出し、ばさりとテーブルの上に放り置いた。

その紙面には、細かい文字がびっしりと並んでいるのが見える。

「なんだこれ？」

「あの女の経歴や素性の調査結果を纏《まと》めたものよ」

手に取ってパラパラとめくり始めるランディへ、シノが憮然《ぶぜん》とした表情で続ける。

「表向きは、エストリア公国公王家の嫡女として、特筆すべき所はなかったわ。人当たりが良く、品行方正。真面目で勤勉、魔法はもちろん、軍事、政治や経済の才能にも恵まれてる。

公の場にもよく出て、民との交流も欠かさず、まぁ、非の打ち所のない貴人として、民衆達から崇《あが》められ、慕われている。

次期、エストリア公国公王として、相応《ふさわ》しい英傑みたいね」

「…………」

「だけど、裏を探ると、まぁ……出るわ出るわ。

特に目についたのは、その異常な男性遍歴ね。

貴族、大臣、政府高官、官僚、地方領主……ここ数年間、国内外問わず、男をとっかえひっかえしてるわね。しかも、美醜老若《ろうにゃく》問わない見境のなさ。年中発情期か？

あの穢《けが》れを知らない聖女のような顔でソレよ。ドン引きよね」

汚《けが》らわしいとばかりにシノが表情を歪《ゆが》めた。

「あの……シノさん？　俺、ルティル先輩より、この短期間で、これだけのことを調べ上げちゃった貴女《あなた》にこそドン引きなんですが？」

「後、彼女、この国の暗部とも繋《つな》がりがあるみたい。裏で色々とやってる。たとえば、とあるマフィアが開催している違法な地下魔法決闘賭博《とばく》があるんだけど……彼女、それに、なぜか選手として参戦して……相当な数、殺してるわ。こんなの、万が一表沙汰になったら、スキャンダルどころの話じゃない。一体、なぜそんなことを……？」

「あの……シノさん？　これ、本当に大丈夫なんすか？

突然、謎の黒服達が、ここの扉を蹴り開けて、〝お前達は知りすぎた〟とか言って、踏み込んで来たりしません？　ねぇ……？」

真っ青になって涙目でガクブル震えるランディであった。

「まぁ、こんなどうでもいい、あの女の薄っぺらい本性はさておき」

「どうでもよくねぇ！　どうでもよくねぇ！　ヤバすぎる！　特濃すぎる！」

「この学院においてのルティルの専攻分野や発表論文が……やっぱりねって感じ」

「え？　どういうことなの？　シノさん」

キョトンとしたアニーへ、シノが続ける。

「あらゆる魔法に凄《すさ》まじい才能を発揮、特に氷結系の黒魔法に最高の適性を持っているのにも拘《かか》わらず……彼女が専攻しているのは、魔法史学。

特に群雄割拠の混沌《こんとん》時代――古黎明後期についてを専門としている」

「古黎明後期？」

「そ、それって確か……」

ランディやアニーの呟《つぶや》きに、シノがどこか気まずそうに頷く。

「……そうよ。様々な伝説級の魔術師やら、英雄やら、魔物やらが、世界の覇権を争いあっていた魔法史上最低最悪の戦国時代で……

そして、私……《宵闇の魔王》が『祈祷《きとう》魔法』で世界を滅茶苦茶《めちゃくちゃ》にした後、《黎明の剣士》によって、ついに討伐された……そんな時代よ」

「な……」

「彼女はね、そんな古黎明後期を異常な執念で研究していて、特に《黎明の剣士》に関する考察論文を、何本も発表し、高い評価を受けているわ。

そんな彼女が、《黎明の剣士》と同じく〝光の剣閃〟を使えるリクスにご執心……もう偶然じゃないわね」

「じゃ、じゃあ、つまりこういうことか⁉

ルティル先輩は……自分が専門的に研究している時代の英雄中の英雄《黎明の剣士》のファンか何かで……それをリクスに重ねて、執心してるってことか⁉」

「そんな可愛《かわい》げのある理由だったら、良いんだろうけどね。でも、それで納得するには、これまでのルティルの経歴は物騒すぎる」

シノがため息を吐《つ》きながら、ランディに手を差し出す。

察したランディは、シノへルティルの経歴に関する調査報告書を返す。

受け取ったシノは、慣れた手つきで報告書をめくっていき……とある頁《ページ》でピタリと手を止めた。

「……『ダードリックの惨劇』」

シノの呟きに、一同がぴくりと眉を動かした。

「彼女のこの異様な経歴は、この事件を境に始まっている。

それ以前は……ただの真面目で、天才なだけの少女だった。

この事件が、彼女を変えた。……そうよね？　セレフィナ」

「…………」

答え合わせのように視線を向けてくるシノへ、セレフィナはしばらくの間、沈黙を保つが。

「はぁ～～～……もう、そんなところまで摑《つか》んでおったのか、シノよ。

将来、密偵として、汝《なれ》を余の配下に加えたいレベルじゃ」

そう言って、複雑な表情で苦笑いした。

「そうじゃよ。ダードリックでの一件が……ルティルを決定的に変えてしまって……そして、余とルティルが袂《たもと》を分かつことになった遠因でもある」

どこか悲しげに目を伏せるセレフィナに、アニーとランディが問う。

「あの……ダードリックって……確か……」

「ああ。このエストリア公国の地方都市、古都ダードリックのことだよな？

確か、そこでは一年に一回、このエストリア魔法学院と、オルドラン帝国とフォルセウス王国にある、エストリア魔法学院の姉妹校の連中が集まって……三校対抗の栄えある伝統的な魔法競技会、『ダードリック魔法大会』が開催されるんだよな？」

「でも、三年前……詳細はよくわからないけど、大会中に大きな事故が起きて……以来、ずっと中止になってるんだよね？」

「その事故の名が、確か『ダードリックの惨劇』……」

「なんか、一般的にはあんまり情報が流れて来ねーから詳しくは知らねーが……相当、やべー事故だったたって、噂《うわさ》に聞いたぞ？」

「………」

すると、しばらくの間、セレフィナは押し黙っていたが。

やがて、覚悟を決めたように言った。

「……リクスをルティルから守るために協力を要請しておいて、隠し事は良くないな」

「姫さん？」

「『ダードリックの惨劇』とはな……一言で言えば、大会中に《祈祷派》共が引き起こした魔法テロ事件じゃ」

「「「……ッ⁉」」」

《祈祷派》。

それは《宵闇の魔王》を崇め、彼女が振るっていたという禁断かつ至高の『祈祷魔法』を研究・研鑽《けんさん》する危険な学閥。エストリア魔法学院の闇であった。

「《祈祷派》は何も、エストリア魔法学院のみに隠れ潜んでいるわけではない。

その姉妹校――オルドラン校やフォルセウス校にも存在するのだ。

その連中が、三校が集う『ダードリック魔法大会』で連携して、参加選手達や観客達を生贄《いけにえ》に、ダードリックという地を祭壇にした、とある大がかりな魔法儀式を行ったのじゃ
……《宵闇の魔王》がもっとも得意とした、最強の『祈祷魔法』を復活させるために」

「……アレか」

その魔法に心当たりがあるらしいシノが、苦々しい表情で呟く。

「でも……アレ、は……」

「うむ。当然、失敗。魔法は暴走した。大勢が死んだ。

仕掛けた《祈祷派》の連中も全滅した。

じゃが……とある一人の勇気ある若者が奮戦し、最悪の事態は免《まぬが》れた。

大勢が死んだが、多くもまた救われた。

じゃが……その若者は帰らぬ人となった。

大会参加選手の一人であり、不世出の若き天才魔術師の名をほしいままにしていたその若者の名は……リシャール＝オルドラン」

「リシャール……」

「……オルドラン？」

「そうじゃ。余の兄じゃ」

故人を悼《いた》むように遠い目をしながら、セレフィナは続けた。

「恥ずかしながら、現在のバカとクズと無能が多いオルドラン皇室の中で、余が唯一尊敬していた男。人格・才能共に、歴代皇族トップクラスに優れていた傑物じゃ。

三男でなければ、間違いなく次代のオルドラン皇帝になっていた男じゃが、様々な政治的理由で、将来は外へ婿養子に出されることになっていた。

その婿入り先の家が……エストリア公王家。もう薄々わかるじゃろ？　その婚約相手は……ルティル＝エストリアじゃ」

「「――ッ⁉」」

衝撃的な事実に、ランディとアニーが絶句する。

「ルティル先輩の婚約者が……」

「《祈祷派》のせいで、亡《な》くなっていたっていうのか……ッ⁉」

「まぁ、そうなる」

ぎり、と。セレフィナが拳を握り固める。

「上の都合で組まれた婚約関係じゃがな……リシャール兄様は間違いなく、ルティルのことを大切に思っていたし、ルティルも心底兄様のことを愛していた。

あの頃のルティルは、兄様に本当にべったりでな……朝から晩まで、余は惚気話《のろけ》に付き合わされたものじゃ……くっ、なんか思い返したら腹立ってきたわ……ッ！」

「今は抑えてくれ、姫さん。頼むから、続き、続き」

ランディの促しに、セレフィナが深く息を吐き、話を続ける。

「じゃが……『ダードリックの惨劇』で婚約者を喪《うしな》って以降、ルティルは変わった。いや、あの少々ふわふわした天然な様子はそのままじゃったが……常軌を逸した行動に出始めた。

違法な地下魔法決闘賭博への参加もそうじゃし、何よりも……

信じられるか？　婚約者が亡くなり、喪に服すべき期間であるというのに……新しい男を次々と作っていったんじゃぞ？

それこそシノの言う通り、見境なくとっかえひっかえじゃ！」

だんっ！　とセレフィナがテーブルを怒りに任せて叩《たた》いた。

「余とて、いつまでも兄様を忘れるなとは言わん！

兄様という存在に、一生涯、操《みさお》を立てよとは言わん！

人はいつだって、前を向いて歩くべきじゃし、幸せを目指す権利はある！　亡くなった兄様とて、ルティルが自分に囚《とら》われることを望んではおらぬはず！

じゃが……最低限、兄様に対する義理と通すべき筋というものがあるじゃろう⁉

兄様の葬式以来、一度も墓参りにも行かず、あまつさえ——……ッ！」

その時、セレフィナの脳裏に浮かんだのは、悪夢のような記憶だ。

どこの馬の骨とも知れない男に、媚《こ》びを売るような笑顔で寄り添うルティルの姿。

その時のルティルが、その男に囁《ささや》いていた言葉——

〝お慕い申しております。貴方《あなた》様はリシャールなどとは比べ物になりません。この世界で最高の殿方ですわ、■■■■様……〟


「余は……ルティルが許せなかった！

ルティルは、兄様のことを誰よりも愛していたのではなかったのか⁉

二人の仲睦《むつ》まじかった様子は！　兄様に囁いた愛の言葉は！　余に零《こぼ》していた幸せな惚気は！　全て！　全て！　嘘《うそ》だったのか⁉　演技だったというのか⁉

裏切られた気分だった！　余が心底尊敬する兄様が、冒瀆《ぼうとく》された気分だった！

だから、余は問い詰めた！　ルティルにその不貞の真意を問い質《ただ》した！

じゃが、返ってきたのは――こんな言葉じゃ！」


〝邪魔しないで〟

〝リシャール様は、もう死んでるし？　操なんか立てても意味ないし？〟

〝あはっ、貴女《あなた》も男の一人でも作って遊んでみたら？　人生観、変わるわよ？〟


「……余は――ぶちギレた。

思わず、グーパンでルティルをぶん殴って……もう、それっきりじゃった。

つい最近、こうして、リクスを通して再び関わり合いになるまでな」

「「「…………」」」

セレフィナとルティルの過去に、ランディ達はしばらくの間、押し黙るしかなかった。

やがて。

「……なるほどね」

そんな重苦しい沈黙を破ったのはシノであった。

「全てが完全に繋《つな》がったわけじゃないけど。

なんとなく……なんとなく、一本の線上に見えかけているものがあるわね」

「ああ。《祈祷派《きとう》》が引き起こした『ダードリックの惨劇』。

それの犠牲となった、ルティル先輩の婚約者、リシャール殿下。

《宵闇の魔王》を倒した《黎明《れいめい》の剣士》の剣技を、なぜか振るえるリクス。

《宵闇の魔王》に関する何かが、事態の中心になっているみたいだな」

「じゃ、じゃあ……だとしたら、ルティル先輩は一体、なんのためにリクス君へ近づいて
……？」

「単純に復讐《ふくしゅう》じゃねえか？」

アニーの疑問に、ランディが腕組みしながら首を捻《ひね》って呟《つぶや》く。

「リクスの〝光の剣閃《けんせん》〟は、《祈祷派》の連中の祈祷魔法を斬れるんだろ？　リシャール殿下を死なせた《祈祷派》への復讐のために、リクスを利用しようと……？」

「一理ある。が、無理じゃろ、さすがに」

セレフィナが頭を横に振った。

「ルティルにしては計画が雑すぎる。たとえ、リクスと恋人関係になれたとしても、復讐にまで付き合ってくれるかどうかなど、わかるわけないわ」

「確かにな……いくら恋人でもヤバいことには関わりたくないし、むしろ、恋人なら止めるよな……馬鹿なことやめろって」

「…………」

そんなセレフィナやランディのやり取りを前に、シノは何か考え込むように押し黙っていた。

そして、しばらくの間。

重苦しい沈黙が一同の頭上に圧《の》し掛かる。

だが、やがて埒《らち》が明かぬとばかりに、セレフィナが口を開いた。

「とにかく、じゃ！　リクスは今後、ルティルとの接触を控えるように！」

「ああ、俺もそれが賢明だと思う。まだ、ルティル先輩の目的はよくわからねえけどさ……なんかきな臭いぜ」

「私もそう思う。なんだか嫌な予感がするよ」

「同感ね。わかった？　リクス。

　年上で美人の女に言い寄られて、浮かれる気持ちはわからないでもないけど、私もこれ以上、あの女に関わるのはお勧めしない……リクス？」

　そこで。

　一同は初めて、気付いた。


　リクスが──いない。

「「「…………」」」


　一同の間を、なんだか微妙な沈黙が流れて。

「いねえのかよぉおおおおおおおおお!?」

「そういえば、なんだか今日は妙に静かじゃと思ったらぁあああああああ!?」

「このところ、いつも一緒が当たり前だったから、気付かなかった！」

「……くっ、この私としたことが、こんなボケを……ッ！　セレフィナやアニーじゃあるまいに……ッ！」

「いや、シノ。お前も結構、ボケキャラ枠だからな？　今さら自分だけは違う感、出そうとしても遅いからな？」

「黙れ。……ねぇ、そこの駄竜。起きろ」

シノは、話が長かったせいか、すっかりテーブルに突っ伏して盛大にいびきをかいて眠っているトランをつつき起こす。

「……んむぅ……？　ご飯っすかぁ……？」

「聞かれた質問に答えなさい。貴方のご主人様はどこ行ったの？」

「えっ？　アニキは最初っから、この場にいなかったじゃねえっすか？　ボケたんすか？」

「くっ……屈辱だわ……ッ！

それはさておき、じゃあ、リクスは今、どこにいるのよ⁉」

そんなシノの悔しげな問いに。

トランはまるで、自分のことのように自慢げに答えた。

「ふっふーん！　聞いて驚けっす！

実は……今、アニキは、あのルティルとかいう女とデート中っす！」

「「「…………」」」

再び、一同たっぷりと沈黙して。


「「「はぁあああああああああああああああああああああああ!?」」」


やがて、声を揃《そろ》えて素っ頓狂な叫びをあげるのであった。

「いつの間にそんな話に!?」

「あるぇー？　昨日、アニキにルティルからお誘いあったんすけど……知らなかったんすか？」

「知らないわよ！」

「いやぁ〜、アニキほどの良い雄となると、黙ってても雌は寄って来るもんなんすねぇ〜〜ッ！　さすがアニキ！

無数の雌を囲ってこそ、優れた雄であることの証明ッ！

そんなアニキをご主人様に持って、トランは幸せっす！　一生ついていくっす！」

「こんの駄竜がぁああああああああああああああ！」

人とはあまりにもかけ離れた感性のトランに、シノは頭を抱えるしかない。

「二人はどこへ行ったの⁉　案内なさい！」

「ったく、ルティル先輩に近づいたらヤバいと結論が出た矢先、これだ！」

「世話の焼けるやつめ――っ！」

こうして。

一同は慌てて、ドタバタと外出の準備を始めるのであった――

第七章　本性

――時は前後して。

《青の学級》の学生寮のルティルの自室にて。

ルティルは湯浴みをして全身を清めると、ここぞという状況で使用する、艶《あで》やかなレースの下着を身に着け、外出用の服へと着替える。

派手過ぎず、地味過ぎない、緩めふわふわとした、お洒落《しゃれ》なワンピースドレスだ。

基本的には貞淑で清楚《せいそ》な作りだが、両の二の腕部分に肌を見せる大胆なスリットもあり、色気のアピールも忘れない。

いかにも、女慣れしてない男受けしそうな服。

ルティルは、落とすと決めた相手に合わせて、様々な服を持っているのである。

さらに、やはり派手過ぎず、地味過ぎないネックレスやブレスレット、イヤリングなどで、自身を飾っていく。あくまで自分自身を引き立てる程度の絶妙な塩梅《あんばい》で。

そして鏡台の前に座り、自分の顔に化粧を施していく。

顔全体にファンデを施し、睫毛《まつげ》や眉を整え、唇に薄く紅を引く。

あくまで外で遊ぶことが主目的のカジュアルさがメインなので、軽めに、だ。

外目にはすっぴんに見えるほどの自然さは、ルティルが研究し、高め抜いたメイク技術の粋である。今日は特に気合を入れている。

だが、そもそも素材が極上なので、軽く化粧を整えただけで、顔のレベルは格段に上がっていた。

そして、仕上げとばかりに、うなじと手首にごく軽く香油をつける。

「髪の毛よし。服よし。メイクはナチュ盛りで……ふふっ、完璧。今日の私は、特に可愛《かわい》いです♪」

ルティルのそれは自惚《うぬぼ》れではなく、自信だ。

事実、今のルティルの姿は、誰が見ても可愛い以外の評価を下せないことだろう。

「さて……」

ルティルがそっと鏡に手をつき、そこに映る自身の姿を、その目を真《ま》っ直《す》ぐ覗《のぞ》き込む。

瞳と瞳が合わせ鏡の無限回廊となって、まるで虹彩《こうさい》に光が吸い込まれていくかのようであった。

「ついに……ここまで来た」

ぽそりと小さな口から零《こぼ》れた言葉に、さきほどまでの楽しげな様子は微塵《みじん》もない。

まるで感情のない人形が機械的に発した虚《うつ》ろな音だ。

「……いや、焦《あせ》り過ぎか？　私なら……もっと時間をかければ、確実にリクス君を落とせる。惚《ほ》れさせることができる。自分の物にできる。

私が、その気になって落とせない男なんて、今までいなかった。

所詮、男なんて、顔と身体《からだ》をキレイに整えて、お洒落に着飾って、男にとって都合の良い言葉を適当に吐き散らかしていれば、すぐに勘違いして欲情してくる……そんなしょーもない生き物。唯一の例外は、リシャール様だけ」

ルティルにとって、リシャール以外の男は、男じゃない。ただの獣である。

リクスも同じだ。何かちょっと他の男達とは違う雰囲気があるが……結局のところ、自分の色香を前に、惑わされまくっている。

十把《じっぱ》一絡《ひとから》げの男共と、何も変わらない。

リクスの周囲には、どうもリクスを気に入っているらしい少女達が何人かいるようだが……恋愛経験ゼロの初心《うぶ》な小娘共過ぎて、誰も彼も相手にならない。

「これはもう、待てば確実に勝てる戦い。

それでも、やはり……私は焦っているのか。

だって、もう待てない。抑えきれない。

念願の……〝光の剣閃《けんせん》〟を、ついに見つけたんですもの。

幼子が、大好きな砂糖菓子を前に我慢できる？　……できるわけがない。

私は……今すぐにでもリクス君を手に入れたい」

ルティルとてわかっている。

焦り過ぎている。男女の駆け引きを、戦略を急ぎ過ぎている。

ルティルはいつも、これと決めた男を落とす時は、もっと時間をかけている。

今回の行動は性急……ルティルが培《つちか》ってきた男女の駆け引きのセオリーから、大きく逸脱していた。

だが、同時に——自信もある。

自分が今まで培ってきたセオリーを駆使すれば……今日一日だけで、リクスを惚れさせて、自分の物にできる……そんな自信が。

そうすれば——……

「ふぅ……」

鏡から目をそらし、ため息を一つ吐く。

それだけで、自分の内からにじみ出ていた闇を、完璧なまでに制御し、払拭《ふっしょく》する。

いつも通りの清楚で淑《しと》やか、皆の理想の先輩であるルティルに戻る。

「それじゃあ、行きましょうか！　リクス君との楽しい楽しいデートに♪」

――――。

「ルティル！」

自室を出て、寮舎のエントランスホールを通り、玄関口から外に出たルティルを引き留める、大声。

何事かと振り返ると、そこにはどこか思いつめたような表情のカークスが立っていた。

どうも、ルティルが出てくるのを待ち構えていたらしい。

「あら、カークス。こんにちは」

だが、動揺はなく、いつものように機械的に愛想《あいそ》良く挨拶する。

「一体、どこへ行くんだ⁉」

「ふふ……ちょっと、ね」

適当にはぐらかして、その場を立ち去ろうとすると。

「待て！　話は終わってない！」

カークスがルティルの二の腕を摑《つか》んでくる。

「あの……痛いです、カークス。急いでいるので、離してくださいませんか？　お話ならまた後日……」

「うるさい！　そんなに気合入れてめかしこんで……一体、誰と、どこへ行くのかと聞いているんだ！　答えろ！」

どうもこの様子だと、カークスはどこからか、本日ルティルが出かけることを知ったらしい。バレると面倒だから、わりと慎重に隠していたのに。

（はぁ……ウザ）

内心うんざりして、胸中でため息を吐きつつも、それをおくびにも出さず、ルティルはいつものように、穏やかな笑みを絶やさず小首を傾《かし》げた。

「ええと……本日は週末の休日ですよね？　私が誰とどこへ出掛けようと、自由だと思うんですが……？」

「男か⁉　男なんだな⁉　男に会うんだな⁉　誰だ⁉　いや……あいつか⁉　ここ数日、君がベッタリと構っているあの一年……リクス＝フレスタットだろ⁉」

「………、……そうですけど、それが何か？」

「ふざけるな！　どうして、この俺を差し置いてあいつなんだよ⁉」

カークスが鬼気迫る表情で、ルティルに迫ってくる。

表向き、ルティルは男に迫られ、少しだけ怯《おび》えた表情をしているが。

その内心は、まったく怯《ひる》んでいない。

(あぁ……またこのパターンか、めんどくさ)

どこまでも冷え切っていた。

あらゆる男を自身の色香で手玉に取り、利用し続けてきたルティルにとって、この手のトラブルは日常茶飯事。

目の前に極上の肉があれば、取り合って醜く無様に争い合う……それが男という、実に愚かな生き物だからである。

とはいえ、百戦錬磨のルティルはこの辺りのあしらいも上手《うま》い。

いつもだったら、適当に何らかの餌を与えて、こうならないよう上手く制御していたところだが……どうやら、念願のリクスという存在を見つけたことで、その他十把一絡げの男のことが、自分の予想を超えて、心底どーでもよくなってしまったようだ。

(……実際、もうどうでもいいのだけれど)

カークスという男は、ルティルが学院内での立場の確立や仕事を回す上で、利用価値があったから思わせぶりな態度で手玉に取ってきたけど、それ以上でも以下でもない。

とはいえ、自分の怠惰のせいで暴走してしまったこのバカを、今は何とか宥《なだ》めなければなるまい。

本命勝負の前に唐突に出現した、クソのような地雷処理に、ルティルは内心盛大なため息を吐き散らしながら、言葉を紡《つむ》いだ。

「ふふふ……カークス、貴方《あなた》は何か勘違いをしていますよ？」

「勘違い⁉　勘違いだと⁉」

「はい。本日、私がリクス君と会うのは、そんな深い意味はありません。

これは、この一週間、渉外として生徒会の仕事を頑張ったリクス君に対する、ねぎらいみたいなものなのですから」

にこにこと。内心の苛立《いらだ》ちを、やはり微塵も出さずルティルが答えた。

「実際、この数日……リクス君の渉外としての活躍は、とても凄《すご》かったですよね？

私達古参の生徒会メンバーが、いくら間に入っても解決しなかった、生徒間の紛争が……もう三つも和解してしまったんですもの」

驚くべきことに、嘘《うそ》偽りなく事実である。

セレフィナも、あんぐり口を開けて驚愕《きょうがく》していたことである。

この学院の表裏に存在する、様々な生徒グループ同士による軋轢《あつれき》や紛争。

それに対処するのが、渉外という役職であるのだが……リクスがそれを務め始めるや否《いな》や、あっという間に、三つの長きにわたる争いがすでに解決してしまったのである。

その手法とは——

『まぁまぁまぁまぁまぁ、とりあえず落ち着きましょうって、御双方！』

『まずは一緒に、一杯やりましょう！』

……酒である。

リクスは、争い合う二つのグループを引き合わせて、酒席を開いたのである。

そして、リクスが場を盛り上げに盛り上げて、最初はお通夜《つや》みたいな雰囲気だったのだが、いつの間にかバカ騒ぎ。

双方のグループが、次第にノリと勢いに任せて互いに肩を組み合い、記憶が飛んで、ゲロを吐き散らかすほど飲み倒した挙句の果てに死屍累々《ししるいるい》となって。

次の日、地獄のような二日酔いと共に目覚めると、なんだかこう……対立していた生徒達は、今まで争い合っていたことがなんだかバカバカしくなって、素直に話し合いと和解に応じるようになるのである。

これは傭兵《ようへい》流コミュニケーションであった。

昨日まで敵同士で激しく殺し合いをしていても、とりあえず今日一緒に楽しく飲んで騒げば、全てどーでも良くなってしまう……そういうものらしい。

そして、それは、わりとこの学院の生徒達にも嵌《はま》ったらしい。

〝相手のことをまったく知らなければ、そりゃ喧嘩《けんか》もするさ〟とは、リクスの弁。

無論、この学院に内在する軋轢を全てコレで解決することはできないだろうが……今まで、生徒会が手を焼いていた案件を、短期間に三つも解決したのは、紛れもない事実であり、リクスの実績でもあった。

「あはは……まさか、私達が今までずっと苦労してたことを、あんなにあっさり解決してしまうなんて……リクス君は本当に凄い人かもしれませんね」

「あんな方法認められるかッ！　評価に値しないッ！」

くすくす笑うルティルへ、カークスが吠《ほ》え掛かった。

「俺達は学生だぞ⁉　学生が酒でコミュニケーションを取るなど……ッ！」

「別にこの国の法律的には、お酒を飲んでも問題ない年齢ですし……多少の風紀の乱れに目を瞑《つぶ》って長年の軋轢が解決するなら安いものでしょう？

評価に値しないと言いましたが……カークス、貴方にできましたか？

アレはただのお酒の力だけじゃありませんよ？　皆で一緒に楽しもうって、盛り上げてくれるリクス君の心意気があってこその成功ですよ？　そのくらいわかりますよね？」

「ぐっ……」

「いいじゃないですか、頑張ってくれたリクス君をねぎらってあげても。

無論、カークス、私は貴方にも、とても感謝しているんですよ？　普段、私達生徒会のために尽力してくれる貴方にもね。

私にとって、貴方はリクス君以上に、必要で大切な人なんです。

常日頃の感謝を込めて、貴方にも後日、必ずお礼いたしますから……今日は約束もありますので、そろそろ行きますね」

そう言って、ルティルがその場をしゃなりと立ち去ろうとすると。

「ダメだ、ルティル。行くな」

カークスはさらに強くルティルを引き留め始めた。

ルティルの腕を摑むカークスの手に力がこもり、ルティルは苦痛に微《かす》かに表情を歪《ゆが》める。

「……い、痛いです。離してください……」

おい。とっておきの服が皺《しわ》になるだろ、ふざけんな。

内心を完璧に押し殺し、哀れっぽく懇願するルティルへ、カークスがまくしたてる。

「なぜだ⁉　なぜ、お前はわかってくれないんだ⁉
どうして、俺が生徒会に所属しているのか……わかってくれないんだ⁉」
わかってる。そんなの私がいるからでしょ？
おくびにも出さず、ルティルが返す。
「それは……私の学院運営方針に賛同してくれたからでしょう？
私、本当にうれしかったんですよ……貴方に認められて……」
「違う！　違うんだよ！　そうじゃないんだ！」
……でしょうね。知ってるし。
「俺が、今までお前に尽くしてきたのは、一体なんのためだと思ってるんだ⁉
お前が、俺以外の男を少しでも見るなんて許さない！　ここは通さないからなッ！」
俺は……許さない！
そう言い切って。
頑として道を譲らないカークス。
恐らく、ルティルが何を言っても、どう宥めても、カークスは動かないだろう。
だから――

「はぁ～～……面倒臭い」

ルティルは、取り繕うのをやめた。

「今は、貴方の相手してる暇なんかないんです。消えてください」

「ル、ルティル……？」

ルティルの豹変《ひょうへん》に戸惑いしかないカークスへ、ルティルがさらに畳みかける。

「貴方、勘違いしてますよね？

〝あんなに親切に尽くしてやったんだから、もうルティルは俺に惚《ほ》れているに決まってる。ルティルは俺の物だ〟……そう思ってますよね？　キモいんですが」

「……なっ⁉」

図星を抉《えぐ》られたらしく、カークスが、カッと顔を赤くして押し黙る。

「最初から、貴方が私目当てで生徒会に入ってきたことは知っていました。

……別に文句はありませんよ。動機なんて人それぞれですし、私への下心ありきとはいえ、貴方がそれなりに生徒会やこの学院に尽くしてきたのは事実ですから。

でも――私がリクス君を落とすのを邪魔するなら、絶対、許しません」

「～～～ッ⁉」

「まぁ、貴方は下心で、私に親切にしてやった。
私は、そんな貴方の下心を利用して、親切にされてやった。
……クズはお互い様ですよね？　ノーカンってことで手を打ちましょう？　ね？」
呆気《あっけ》に取られて、顔面蒼白《がんめんそうはく》で震えるカークス。
「なんでだ……ッ⁉
なんで、よりにもよって、あのリクス＝フレスタットなんだッ⁉
あの魔法も使えない、クソ劣等生の問題児なんだッ⁉
どうして、俺じゃなくて、リクスなんだ⁉」
「それ……私が貴方に教える筋合いあります？　じゃ、私はこれで……」
そう冷たく言い捨てて。
ルティルが、カークスの傍《かたわ》らを通り過ぎようとすると。
すれ違いざま、ルティルの首筋に、突然、刺すような痛みが走った。
「……ッ⁉」
ルティルが、慌ててカークスから飛び下がる。
首を押さえると、針のようなものが刺さっている。
途端、全身から急に力が抜けていき、ルティルは立っていられず、膝をついた。

「俺は、毒の魔法が得意でね」

カークスが、そんなルティルを見下ろし、にやりと笑う。

「それは、意識はそのままに、全身と魔力を一日麻痺《まひ》させる、超即効性の魔法毒だ。お前のような聞き分けのない女に使う、奥の手ってやつさ……」

「……カー、クス……あな、た……っ！」

「今日は……休日だったよな？」

カークスは、跪《ひざまず》くルティルの髪を、厭《いや》らしく手櫛《てぐし》で梳《す》く。

「今日一日で、お前を俺の物にしてやる。女の調教には慣れていてな……どんな頑固な女でも、俺特製の媚薬《びやく》漬けにして犯してやれば、すぐに俺の従順な雌奴隷と化す。まぁ、まずは、俺の調教部屋へと、お前を特別招待してやろう――」

そう言い捨てて。

カークスが、ぐったりとするルティルを抱きかかえようとした、その時だった。

ルティルに触れたカークスの腕が、みるみるうちに音を立てて凍っていく。

「ぐああああああ!?」

カークスがルティルから慌てて手を離す。

その隙に立ち上がり、カークスから飛び離れるルティル。

「ば、バカな⁉　お前、なぜまだ動ける⁉
もう完全に、即効性の麻痺毒が効いているはず――って、まさか⁉」
カークスが、ルティルの首筋を見る。
首筋を中心にルティルの半身が、いつの間にか凍っていた。
「お、お前、身体《からだ》に入った毒の回りを、血液ごと凍らせて止めたのか……ッ⁉」
「さすが三年生……今の不意打ちは、ほんの少しだけ冷や汗をかきました。
まさか、貴方《あなた》がこれほどまで外道な手を、躊躇《ためら》いなく打ってくるなんて……」
ルティルがにっこり笑っている。
だが――目が笑っていない。完全に激怒していた。
「でも、良かった……貴方が私と同じクズの外道で。
これで容赦なく、遠慮なく、お仕置きできますね……ッ！」
「ひ――ッ⁉」
怯《おび》えるカークスの前で、ルティルは全身から圧倒的な凍気を立ち上らせて――
――。

「……ふん。だから、リシャール様以外の男は嫌いなんです」

カークスにキツく灸《きゅう》を据えたルティルは、足早に学院敷地《しきち》内を移動していた。

「どいつもこいつも、女を自分の欲望を満たす玩具《おもちゃ》としか思ってません。反吐《へど》が出ます。

まぁ……私も同じ穴の貉《むじな》ですから、今さらですけどね」

自嘲気味に笑う。

そう、ルティルは自覚している。

自分は人間のクズだ。自分だって、自分の目的のために、何人もの男共を手玉に取り、利用し続けてきたのだから。

大体、今からリクスに対して、それをやろうとしている身である。

人のことを言えた義理ではない。

だが、心は痛まない。良心の呵責《かしゃく》など微塵《みじん》もない。

(だって、私の心は、あの日、死んだから。

リシャール様と共に、冷たい土の下へ埋葬されてしまったから)

きっと、リシャール様を喪《うしな》ったあの日、自分は死んだのだ。

今の自分は生きる屍《しかばね》。

屍が、妄執で動き続けているだけ。亡者《もうじゃ》は痛みを感じない。

だが、そんなルティルの心の奥底に、唯一、小さな薔薇《ばら》の棘《とげ》のように刺さっている僅かな痛みがある。

それは――……

(……セレフィナ)

リシャールの実の妹にして、かつての自分のかけがえのない親友であり、姉妹同然だった少女。

あのセレフィナの拒絶と侮蔑だけは、今でも――……

(は？ 関係ないです。今さら何をそんな女々しいことを？

実際、私はセレフィナから、拒絶と侮蔑を受けるだけのことはやりました。

嫌われるなんて、最初からわかっていました。

地獄に落ちるなんて、織り込み済みです。

だが、それでも、私は――……)

『姉様が自分を責める気持ちはわかる！ じゃが、それでも生きねばならぬ！

生きて、姉様を生かしてくれた兄様に報いねばならぬのじゃ……ッ！

それが、残された者の務めじゃ……ッ！』

（私は――……）

何かを改めて決意したように。

ルティルは顔を上げ、獲物を狙う鷹《たか》のような鋭い目つきで、自分の戦場へと向かうのであった――

――。

「くそっ！　くそっ！　くそぉおおおおおおお！」

ルティルが立ち去った後、カークスはただ悪態を吐《つ》いていた。

首から下が、完全に氷漬けだ。

そして、氷には非常に強力な呪縛の呪いが込められている。

身動きはおろか、魔法一つ発動することができない。

完全にカークスは、最早《もはや》、叫《わめ》くことしかできなかった。

「ルティルは俺の物だッ！　俺の女なんだッ！　今まで何のために、俺が生徒会なんて、くそ面倒臭《くせ》ぇ仕事に付き合ってやったと思ってんだッ⁉

ふざけんなよ、ふざけんなぁあああああああああああああああ――ッ！　ぶっ殺してやるぅう殺してやる！　ルティルも！　あのリクスとかいうクソガキも！　うううううううううううううう――ッ！」

だが、そんな風に激高するカークスへ、そっと近づく者がいた。

近づいてくる気配に、カークスは苛立《いらだ》ちを隠そうともせず、吠《ほ》え掛かる。

「なんだよ、てめぇは⁉　何か文句あるのかよ……ッ⁉

……って、てめぇ……なんでこんな所に……？」

その人物は、戸惑うカークスの前に立つと、カークスへ向かって手を差し出し、握っていた手を開く。

その開かれた掌《てのひら》の上には……奇妙で不穏な文様が描かれた、何らかの〝骨片〟があった。

「な、なんだよ、それは……ッ⁉」

〝骨片〟が放つ異様で不気味な雰囲気に、カークスが慄《おのの》く。

だが、不思議で妖しい魅力も同時に放っており……カークスは目が離せなかった。

その人物は、そんなカークスを前に、くすりと笑った。

第八章　デート

「さぁて、変な男に出鼻をくじかれてしまいましたが、久々にデートです♪

気を取り直していきませんと、ね！」


エストリア魔法学院を出たルティルは、公都エストルハイム西区三番街――キャンベル・ストリートへと向かった。

リクスとの待ち合わせ場所は、中央噴水広場。

男女の逢引《あいびき》きの待ち合わせ場所としては、定番の場所である。

ルティルは、その噴水広場へと移動しながら、ちらりと懐中時計を確認する。

時刻は、午前九時半。待ち合わせの時間である十一時半より二時間も早い。

「……よし」

こんなにも早く来た理由は、もちろん、このデートを実は楽しみにしていたから……というわけではない。ルティルのデート戦略だからだ。

１００％確実に、リクスより早く待ち合わせ場所で待機するための二時間前。

当然、リクスはルティルより後にやってくることになる。

その時、きっとリクスは言うだろう。〝すみません、待たせちゃいましたか？〟と。

そして、自分はこう答えるのだ。

〝ううん、全然待っていませんよ？　ついさっき、来たところです〟と。

（こういうのはね、リクス君が、少しでも私を待たせた、という事実が重要なんです。

相手を待たせてしまった……その負い目によって、私は主導権を得られます。

しかも、遅れてやってきたことを、私が快く許すことによって、相手の私に対する好感度も上がる……）

そのために、待ち合わせより二時間も早く現地にやってくるなど、苦痛でもなんでもない。得られるメリットの方が遥《はる》かに大きいからだ。

（さぁて、リクス君は、どのタイプでしょうか？

約束の時間の十分前にやってくるタイプ？

それとも、ピッタリにやってくるタイプ？

まぁ……初デートで盛大に遅刻してくるタイプも中にはいますが……

どのパターンだとしても、対処のシミュレートは完璧です♪

さぁ、リクス君。今日は私、攻めさせていただきますからね——）

そう意気込んで。

ルティルは、中央噴水広場へと向かう歩《あゆ》みを早めるのであった。


――――。


だが、中央噴水広場へと辿《たど》り着いた時。

ルティルは、信じられない光景に、思わずポカンと口を開けた。

「お早《はよ》うございます、先輩！　ていうかまた、随分と早いっすね⁉」

なんと、リクスがすでにいた。

カジュアルなシャツにスラックス、銀細工のブレスレットやネックレスなど、今の流行からは少々遠いが、案外悪くない服装センスで身を固めたリクスが、まだ約束の二時間前だというのに、すでにそこで待機していたのである。

（このパターンは、予想外過ぎます――ッ⁉）

今まで経験したことのないパターンであった。

「え、ええと……リクス君？　すみません……待たせちゃいましたか？」

「ご安心を、先輩！　俺、ついさっき来たところですから！」

（台詞《せりふ》を取られた……）

ルティルは、ちょっと眩暈《めまい》がしてきた。

自分のことは棚に上げておいて、そう聞かずにはいられなかった。

「え、ええと……でも、その……まだ二時間前ですよね？　一体、どうして……？」

「それにその……衣服の端が、少し朝露に濡《ぬ》れてますし……なんだか、ついさっき来たって感じじゃないようなのですが……？」

「あははは！　バレちゃいました⁉　さすがルティル先輩！」

リクスがあっけらかんと応じる。

「実は俺、今日のデートすっごく楽しみで！　だから昨日からここで待ってました！」

「昨日⁉　昨日からずっと⁉」

馬鹿か、こいつは。いや、馬鹿だ。

「そ、それは……その……なんだか申し訳ありません……本当に……」

ただリクスが馬鹿すぎるだけなのに、なぜか負い目を感じてしまうルティル。

図らずとも、自分のデート戦略の正しさを、自分自身で証明してしまっていた。

「いえいえ、全然、平気ですって！　俺、待つことは得意なんですよ！　暗殺対象がやってくるまで、茂みの中で三日三晩待ち続けたこともありますし！」

デートで何を言ってるんだ、こいつは。

「それに……待ち合わせは、早く来た方が有利ってこと、俺、知ってますから」

「……ッ⁉」

不敵な笑いを浮かべるリクスに、ルティルは、はっとする。

(この言い草、まさか……リクス君もこう見えて、恋愛ごとに百戦錬磨ですか⁉

私の目論見《もくろみ》を見破って、主導権を握るために……ッ⁉

不覚……ッ！　私としたことが油断した……ッ！）

ルティルが戦慄しながら、リクスを睨《にら》みつけていると。

「以前、傭兵《ようへい》同士のいざこざで果たし合いに応じたことがありましてね……俺、先に行って、待ち伏せして、不意を打ってやろうとしたんですが……

くっ……相手も同じ考えだったようで、すでに待ち伏せされていて、痛い目を見たことがあったんすよ……ッ！

やっぱ、兵は神速を貴ぶ、ですよね⁉　ね⁉」

(……ンなわけねーですよね、この人。やっぱり、ただのおバカです)

求められても困る同意を受け流しながら、ルティルが安堵《あんど》する。

「ま、まぁ……それはともかくですね」

話が進まないので、ルティルはコホンと咳払《せきばら》いして、話題を変える。

「なんだか、予定より合流が早くなってしまいましたが、もうデート始めてしまいます?」

「あ、俺は別に全然オーケーですよ?」

「ふふっ。じゃあ、どこへ行きましょうか?」

ルティルがにこやかに、だがどこか試すように問う。

この質問に対して、男は二パターンに分類される。

予《あらかじ》めデートプランを自分なりに考えてくるタイプと。

まったく考えてこない、行き当たりばったりのタイプ。

前者はそれなりに女性慣れしている男が選択する場合が多く、後者はまったく女性慣れしていないか、あるいは恋愛百戦錬磨の男が選択する場合が多い。

「そうですね。でも、うーん……そういえば、どこ行くか全然考えてなかった……」

(はいはい。当然、リクス君は後者……しかも、女性慣れしてないタイプですよね)

予想通りである。

そのため、ルティルも相手に合わせた行動パターンを用意している。

前者なら、素直に男にエスコートされ、楽しんであげる。

後者なら、自分がエスコートし、楽しませてあげる。

恋愛には、相手のタイプに合わせた最適解というものが存在する。

エスコートしたい男にエスコートしてはダメだし、エスコートできない、されたい男にエスコートを求めてもダメ。

男が女を尊重し、エスコートして当たり前……それはもう古い。

相手のタイプに合わせて、柔軟に、臨機応変に自分のキャラクターと対応を変えられる女こそ、男からの好意を勝ち取れるものだ。

（まぁ、同性からは超・嫌われますけど、そこはどーでもいいですし。けれど、少し困りましたね……）

心の中で冷笑しつつも、ルティルは一瞬押し黙る。

当然、リクスがエスコートできない場合のデートパターンも綿密に用意してあったのだが、時間があまりにも早すぎる。二時間前だ。

さすがにこの二時間の空きは想定外である。

となると、ここでこの二時間の過ごし方を考えなければならないのだが……

「うーん……」

リクスが喜びそうな場所は……と。

少し考えて、その候補を脳内検索していた、その時だった。

「じゃあ！　とりあえず昼までそこら辺でも散歩しながら、お話ししませんか!?」

不意に、リクスがそのような提案をしてくる。

「このキャンベル・ストリートって、色々見所多いっすから、それだけで楽しいと思うんですけど、どうですかね!?」

「…………」

何もデートプランを考えてこなかったくせに、その場の咄嗟《とっさ》の思い付きで、何をするかを提案できる。しかも、まずまず悪くない。

おまけに、わりと女性慣れしている男でも難しい、会話だけで場を繋《つな》ぐという選択を迷いなく出せる。

（女性慣れしてない男だと思っていたのですが……いえ、実際に女性慣れなどしてないのでしょうけど……）

このリクスという少年は何か違うな……と。

ルティルは少しだけ、リクスに対する認識を改めていた。

「そうですね、では……早速、お散歩と洒落《しゃれ》こみましょうか」

ルティルがそう同意すると。

「では、出発！」

突然、リクスがルティルの手を取って、駆けだした。

「きゃっ！　ちょっと⁉」

「ふっふーん！　先輩、知ってました⁉　この時季、エレヌ川の川沿いに花がたくさん咲いてて、超綺麗《きれい》なんだって！　見てみましょうよ！」

いや、当然、そんなことは知っているが。

ていうか、この街にいて、知らない人の方が少ないと思うが。

（きゅ、急に、ぐいっと来ますね、この子……）

女性慣れしてない男が、ルティルのような高嶺《たかね》の花を前にすると、目を合わせるどころか、指が触れるのも恥ずかしがって萎縮するのが常だというのに、このリクスという少年は、気負いや物怖《ものお》じする様子がまるでない。

ルティルの前でいい格好して口説き落とそうという必死さや下心もない。

あくまで、自然体。

女性慣れしてないくせに、まるで百戦錬磨。

そんなわけのわからない雰囲気が、リクスにはあった。

（ま、まぁ……そのうち、色々とボロが出るでしょうけど……）

リクスのボロが出た時こそ、ルティルの好機。

そこをいかに上手《うま》くフォローして、良い女アピールができるかで、勝負は決まる。

大昔からの不変の鉄則。

恋愛とは惚《ほ》れたら負け、惚れさせたら勝ちなのだから。

（それまでは、お手並み拝見といきますよ、リクス君）

急にリクスに手を握られてエスコートされたことによる、微《かす》かな動揺を瞬時に噛《か》み殺し、ルティルは余裕綽綽《よゆうしゃくしゃく》で、リクスへとついていくのであった——


——。

——ちなみに。

「——と、いうわけで！　これから、かねてから通達していた通り、第一回、ルティル対策会議を始めるぞ！」

学院の《白の学級》の寮舎では、セレフィナ達がルティル対策会議を開いていた頃であった――

――。

色とりどりの花が咲き誇る、エレヌ川の川沿いをのんびりと並んで歩きながら、ルティルはリクスとの会話に興じていた。

恋愛において、会話とは非常に重要なファクターである。

多少、顔が不細工でも、会話の技術を極めれば誰でも美男美女を落とすことができる。

こんなブ男が、なぜこんな美女と結婚を？　というパターンは、ほぼコレだ。

恋愛には、実はきちんとした再現性のある科学が存在するのである。

（恋愛会話の基本はですね、〝自分が話すより、相手に話させること〟。

話している時間の比率としては、相手が7、自分が3くらいでしょうか？）

ほくそ笑むルティル。

(要するに、相手にとって興味のあること、好きなこと、大切なこと、誇らしいことをなるべく長く語らせてあげる……それをこちらが、きちんとしたリアクションを返して聞いてあげる……これが理想なんです)

会話において、人は自分の興味あること、大切なことを語る時が、一番楽しいのだ。

そして、その〝この人と会話していると楽しい〟という記憶や感情が、次第に相手への好意へと変わっていくのである。

(だけど、これは簡単なようで非常に難しいです。

まず、相手の興味のあることを、語りたいことを引き出すのが難しいですし、それを延々と続けさせるのも難しい。

自分が何に興味あるか、自分でもわかっていない人もいます。

せっかく、話を引き出せたとしても、リアクションを間違えたら一気に冷める……。

そこは付け焼刃でどうこうなるものではなく、経験ですけどね！)

当然、ルティルは経験もあるし、自信もある。

(ふふ、覚悟していてくださいね、リクス君。楽しくなってもらいますから。

私のことを、どんどん好きになってもらいますから――……)

当初は、そう意気込んで、リクスに色んな話題を振っていったのだが――……

――――。

「うへぇ……それって、まるで罰ゲームっすね⁉　ルティル先輩、よく続けてられますね、そんなん⁉」

「――ですよね、そうなんです、リクス君。わかってくれますか！

あははっ、生徒会長って、本っっっ当に、大変なんですよ！

私も年頃の女の子でしょう？　色々羽目を外してみたいことだってあるのに、こう……常に生徒の模範にならなきゃいけないから、我慢やストレスも多くて！

おまけに、この学院って問題児だらけじゃないですか！　生徒主体に自由にやらせる今のあり方に疑問を覚えている上層部の方も多くて……だから、私達がしっかりしてないと生徒達の自由が制限されちゃうかもしれないんです！

学生時代なんて、一生に一度しかない青春ですもの。できるなら、自由に楽しくやりたいですよね？

私も生徒の皆さんに、一生の思い出に残る楽しい学院生活を送ってほしいから、こうして色々と腐心しているんです。

でも、大変ですけど、もちろんそれだけじゃないんですよ？　ハロルド君に、リズさん、レミーさんという、こんな私なんかにはもったいない、とても良い仲間達に恵まれましたし……やっぱり、生徒会の仕事って楽しいんです。

苦労するし、憎まれもするけど、きちんとわかってくれる生徒さん達には感謝されることもあって……挫《くじ》けそうなことも色々ありますけど、感謝されるたびに、こう……やって良かったなって、そう思えて……」

「わかる。感謝されるって、それだけで、後、十年戦える気になれますもんね。

やり甲斐《がい》搾取《さくしゅ》してくるクソ野郎共もいますけど！」

「えーっ⁉　リクス君の世界にもいたんですか⁉　そういうの！」

「ええ、掃いて捨てるほどね！　その反応ということは……先輩も相当、そういうやり甲斐搾取野郎を相手取って来たみたいですね⁉　ご愁傷さまっす！」

「そうなんですよ！　もう聞いてくださいよ、リクス君！　これまで私が従事した生徒会の仕事の中で一番酷《ひど》かった、その手の輩《やから》がいてですね！

最初、彼はいかにも誠実に、私達生徒会に助けを求めてやってきたんですが――……って、はっ⁉」

不意に、我に返るルティル。

（何、私が一方的に話しまくっているんですか――――っ!?）

あまりにも予定外の展開に、ルティルは頭を抱えて悶《もだ》えていた。

（逆！　逆！　私が話すんじゃなくて、リクス君に話させるんでしょう!?　なのに、なぜにこんな――ッ!?）

まぁ、冷静に考えてみれば、その原因はすぐにわかる。

何を話しても、リクスはとにかくリアクションがいいのだ。

なんかこう、こちらの話す内容に、興味津々《きょうみしんしん》という感じに応じてくれるのだ。

今までの十把一絡《じっぱひとから》げの男共のように、ルティルの話の内容には興味ない、とりあえず聞いて反応を返してやっている……という雰囲気がまるでない。

無論、ルティルにとっては、それはお互い様なのだが、ルティルはそれを自覚しているからこそ、男共の聞きたくも興味もない武勇伝や自慢話を、最上級のリアクション演技で聞いてやり、有位に立ってきたのだ。

だが、リクスは違う。どんなに他愛ない内容の話でも、心から聞き入って楽しんでくれている……そんな感じなのである。

反応が嬉《うれ》しいから、ルティルはつい我を忘れて色々と話してしまう……ずっと、そういう流れだったのである。

（ま、まさか、狙ってやってる……？　リクス君は、本当に恋愛百戦錬磨……？）

つい、それを疑ってしまうが。

「いやぁ、あっはははは！　先輩の生徒会裏話、面白いなぁ！

俺って、ずっと戦場育ちですから、学院生活のこととかマジで疎《うと》くて！

だから、先輩のお話、すっごく新鮮で楽しいっすよ！」

（いや、素だ。これは素です……）

リクスのまるで屈託のない様子から、ルティルは経験則でそう結論する。

これで、リクスがルティルですら見破れないほどの演技力で、全て狙ってやっているんだとしたら、最早《もはや》、化け物だ。自分が勝てる相手じゃない。

（そ、そんな男、いてたまるものですか……ッ！）

「あれ？　どうしたんですか？　先輩」

「えっ？　いや、あはは、なんでもないです、なんでも……」

内心の動揺を押し殺しながら、取り繕うルティル。

と、その時だった。

「あっ！」

突然、リクスが素っ頓狂な声を上げる。

何事かとルティルが眼を瞬《めしばたた》かせると、リクスは近くに見える時計台を指さしていた。

「見てくださいよ、ルティル先輩！　なんかお腹《なか》が空いてきたなぁって思ったら、あははは、道理で！　もうとっくに、昼過ぎだったたんですね！」

時計台の針が示す時刻は――十二時半。

「――えっ⁉」

ルティルが慌てて、懐中時計を取り出し、改めて時刻を確認する。

まぁ、当然、間違いなく十二時半である。

(もう十二時半⁉　嘘《うそ》……ッ⁉　じ、時間を忘れていた……ッ⁉

この私が時間を忘れていたんですか……ッ⁉)

あり得ない話だった。今まで一度だってこんなことはなかった。

基本的に、ルティルにとって男との会話は、退屈極まりないものだ。

相手を落とすために、相手を楽しませる会話をするということは、反面、自分にとっては苦痛極まりないことでもある。

いや、無論、人によるのだろうが、はっきり言ってルティルは嫌いである。

本来なら、そんなことに一秒だって時間を費やしたくない。

男共が得意げに語る、欠片《かけら》も興味が湧かない話題に、いかにも興味ありそうに食いつついてやる。男共の不愉快極まりない自慢話や武勇伝、クソどうでもいい知識披露、ウザい自分語りを楽しそうに聞いてやる……もう地獄である。

よくもまぁ、そんなつまらない話を、女の前で恥ずかしげもなく延々話せるものだと、いつも呆《あき》れ半分、感心してしまう。

それほど、時間の経過が亀のように遅く感じる一時はない。

ルティルにとって、男との会話とは、そういう認識だったはずなのに……

「あれ？　どうしたんすか？　先輩。どこか具合でも？」

「い、いえ……大丈夫ですよ、あはは……」

内心の動揺を押し殺して、ルティルはいつもの微笑《ほほえ》みを取り繕う。

「そうですね、そろそろお腹も空いてきたことですし……お食事にしましょうか」

「いいっすね！　俺、もうお腹ペコペコっすよ！」

無邪気に、嬉しそうに笑うリクス。

なんかつられて自分の頬も本当の意味で緩みかけてくるが、そこは必死に耐える。

（しかし、どうしましょう……困りました……）

ルティルが内心で、少し苦い顔をする。

（リクス君の行動タイプに応じて、様々なお店を候補に挙げていたんですが……今の時刻は十二時半。完全に最繁時《さいはんじ》で、どの店も入れない可能性が高いです……）

まさか自分がこんなミスをするとは、ルティルは夢にも思っていなかった。

自分がしっかりと主導権を握っていれば、昼食の時間が近づいたら、それとなく誘導していたはずだった。

そつなくスムーズに、自分主導でデートを遂行できたはずだったのだ。

（こ、これも、リクス君が予想外の動きばかりするから！）

非常に拙《まず》い。ピンチである。

男女のデートにおいて、食事時に店先で〝満席です〟と言われて、門前払いされるほど冷める瞬間はない。

このままでは、ルティルがあらゆるパターンを想定して綿密に計画していた、後のリクス攻略デートプランが根底から狂ってしまいかねない。

未《いま》だかつて、こんなことがあっただろうか？

（大丈夫、まだ取り返せる……あの店か、もしくはあの店なら……少々味のランクが落ちますが……この時間帯でも待たずに入れる可能性が……

でも、どっちの方が空いているでしょうか……？　むむむ……）

ルティルの脳内で、少々分の悪いギャンブルが行われていると。

不意にリクスが、こんな提案をしだした。

「ねぇ、ルティル先輩。この時間帯だと、どこの店も混んでますよね？　だったら、そこら辺の屋台で、適当に食べ物買って、外で食べません？　俺、良い屋台知ってるんですよ！　俺のダチのランディお勧めの店です！」

「……えっ？」

飲食屋台。庶民御用達《ごようたし》のポピュラーな店舗。

これまで、ずっと貴族の男ばかり相手にしていたルティルにとって、それでデートの昼食を雑に済ませてしまうという選択肢は、彼女の頭の中には完全に存在しなかった。

「ええと、でも、その……それで昼食を済ませてしまうと、その後の計画が……」

またもや予想外の展開に、ルティルが尻込みしていると。

「──と、いうわけで！　レッツゴーです！　先輩！」

リクスが、ルティルの腕を摑《つか》み、そのまま勢いに任せて駆けだしてしまう。

「あっ⁉　ちょっと……リクス君⁉」

転びそうになりながら、ルティルは慌ててリクスについていくしかない。

（あぁあああああああああ、もうっ！　どこまで私の計画を滅茶苦茶《めちゃくちゃ》にすれば、気が済

むんですか、この子はぁああああああああああああ——っ⁉)

内心、頭を抱えて叫びながら、必死に足を動かすルティル。
決して急な運動によるものじゃない動悸《どうき》を覚えていることに、ルティルはまだ気付いていない。

実際、リクスお勧めの屋台で購入した、ホットサンドは美味《おい》しかった。
雰囲気の良い公園のベンチに、リクスと共に並んで座って、青空の下、他愛もない会話に興じながら食べる、熱々のホットサンドは……控えめに言って最高だった。
ちょっと悔しいルティルであった。

————。

第九章　私の――

リクスとルティルのデートは続く。

色んな店を冷やかし、色んな名所を散歩しながら見て回って、他愛ない会話に興じて、ちょっと疲れたらそこら辺のカフェで一休憩。

行く先々で、リクスがその場で思いついたことをする、あまりにも行き当たりばったりな適当過ぎるデートである。

結局、リクスは何一つ、ルティルの思い通りにはならなかった。

なにせ、無意識のうちにリクスは、ルティルを振り回してくるのだ。

そこにはルティルに対する下心とか、ルティルの前でいい格好してみせようとか、漢《おとこ》を見せてやろうとか、そういう気負いが一切ない。

無論、ルティルという極上の女の子とのデートに浮かれている所はあるが、基本的にルティルと一緒に過ごすことを無邪気に楽しんでいる。それだけである。

（……やりづらいです……凄《すご》くやりづらいです……）

今までルティルは、男達のルティルに対する下心や見栄《みえ》を上手《うま》く手玉に取って、デートを成功に収め、相手の気持ちをぐっとこちらへと引き寄せてきたのだが……このリクスにはその手玉要素がそもそもないので、どうしたらいいのかサッパリわからない。

（おまけに、なんか妙に時間が経《た》つの早いですし……予定は狂いっぱなしですし……このままじゃ……むむむ……）

ルティルが懐中時計と睨《にら》めっこしていると。

「あれ？　ルティル先輩～、撃たないんですか～？」

そんなリクスの声に、我に返る。

今、ルティル達がいるその場所は、キャンベル・ストリートの片隅にある娯楽施設の一つ、射的場である。

遠く離れた場所に設置された的を弓矢で狙って得点を競うという、一般人向けの娯楽施設。魔法で容易に、正確に遠距離攻撃ができる魔術師とはまったく無縁の遊びだ。

あんまりにもリクスに振り回されるのが悔しいから、なんとか主導権を取り返そうと、ルティルがリクスが楽しめそうな場所を無理矢理提案したのがここである。

「え？　ああ、はい、今、撃ちますよ～」

ルティルは右手の懐中時計をしまい、左手に持っていた弓を改めて構える。

（な、なんか、大きいし、重い……これが長弓《ロングボウ》ってものでしょうか……？）

多分、本日気まぐれでここに来なかったら、一生触ることのないだろう武器である。

試しに矢を番《つが》え、恐る恐る弦《つる》を引き絞ってみる。

ぎりぎりぎり……と、弓がしなる音が鳴り、ルティルの身体《からだ》がぶるぶると震え始めた。

（硬《か》ったぁ⁉　重っ⁉　な、なんなんですか、この非効率な欠陥武器は⁉　魔法を使えない一般人は、本当にこんな武器で戦うんですか……ッ⁉）

身体強化魔法を使えば、弓を構えて引くことに苦労はないのだろうが……あいにく射的のルール的に、魔法は禁止である。

これは純粋に弓矢の腕を競うものだからだ。

（ええい……ままよっ！）

震える手で狙いをなんとか定め、ルティルが矢を放つ。

ひゅん……

矢は気の抜けた音を立てて、明後日《あさって》の方向へ飛んでいき……落ちた。

飛距離的にも、的までの半分も届いてない。

「あぅ……」

顔を真っ赤にするルティルと。

「あっはははははははははははははは――っ！　さすがにそりゃないでしょ、先輩！　ボケっすか⁉」

大笑いするリクス。

「そっ！　そんなに笑わないでもいいじゃないですかぁ⁉　私、弓矢触るの初めてなんですよ⁉」

「えっ⁉　そうなんすか⁉　すんません！　弓なんて、使えて当たり前なもんだと思ってたもんで！　いやもう、先輩、弓なしにどうやって今まで生きてきたんすか？」

慌てて恐縮し始めるリクス。

普通の男なら〝初めてなのに、そこまでできるなんて凄い〟とか、〝女の子なのに頑張ったね〟とか、そんな風に無理やりフォローしてくれるのに、リクスはそういうのが一切ない。本当に無様さを笑ってる。

それが余計に腹立たしい。

「普通、私達は弓なんて使いませんから！」

「えっ？　食料調達の時とか、敵指揮官を暗殺する時とか、一体、どうやって……？」

「普通、やらないんですよ、そんなことは！」

やるとしても魔法で充分……そんな言葉をぐっと堪《こら》えて、ルティルは言った。

「むぅ……そこまで言うなら、リクス君は当然、弓を使えるんですよね？」

「え？　はい！　俺、結構、得意です！」

「じゃあ、やってみせてくださいよ。あれだけ私を笑ったんですもの……さぞかしお上手なお手本を拝見させていただけるんですよね？」

「ははは、まぁ、ガチ専門職の連中と比べたらショボいですけど、やってみます」

そう言って、リクスがルティルから弓と矢筒を受け取り、定位置に立った。

「うーん……弱いなコレ。感覚がズレる……戦闘用じゃないから当然か……」

弓の弦をばいんばいん張りながら、調子を確かめる。

（ふぅ……ようやく自分のペースを取り戻せそうです……）

あのように挑発的には言ったが、ルティルの見立てでは、リクスはほぼ１００％的に中《あ》てるだろう。

そうしたら、ここぞとばかりに驚いてみせて、凄い凄いと必要以上に褒めちぎってやるのだ。

（自尊心を充足させてやることほど、男の好感度を稼げることはありませんからね。

褒めてくれるのが私みたいな美少女なら、なおさらです。

ここは、ばっちりと好感度稼がせてもらいますから♪）

ルティルは褒めちぎる演技の心の準備と、リクスが喜びそうな褒め言葉の脳内検索を瞬時に済ませて、リクスの動きを注視する。

「んー……」

対し、リクスは、だらんと手に弓を下げて、的をしばらくの間、見つめて……

やがて、不意に動いた。

それは一瞬の呼吸だった。

流れるような手つきで、矢筒から矢を引き抜き、頭上で弓に番え、足踏みし、どっしりと胴を造り、構え、手首を固め、弦を引き絞り、狙い──放つ。

激流の如《ごと》く荒々しく、獲物を狙う野性味に溢《あふ》れ、なおかつ洗練された技巧のスマート。

リクスの全身に漲《みなぎ》る、外すことなど微塵《みじん》も疑ってない力強い自信。

それは、時が加速したかのように素早く、時が止まったかのように美しい挙動で。

ビュゴォ！　矢の風切り音が高く鳴り響き──

その刹那、遠くの的のど真ん中を、矢が盛大な着弾音を立てて射貫《いぬ》いていた。

「……ふぅ」

そして、残心と共に軽く息を吐くリクスが、命中を確認し、弓を下げる。

その狩人《かりゅうど》の鋭い目は、未《いま》だ遠くを見据えたまま――

「――――ッ⁉」


そのリクスの姿に、一瞬、ルティルは息をするのを忘れた。

持ち上げる演技の準備も、褒め言葉も、全て頭から吹き飛んでしまっていた。

そう。そのリクスの姿は。

ルティルが想像していたよりも、遥《はる》かに――

（か、かっこいい……）

その優れた技量と堂々たる姿に、ルティルは不覚にも胸の高鳴りを禁じ得ない。

あの日、愛する人と共に埋葬され、冷たい土の下で凍ってしまった感覚であるはずなのに――

「うーん……やっぱ、大分鈍《なま》ってるなぁ」

そして、当のリクスはそんなことをぼやきながら頭をかき、ルティルへ弓を差し出す。

「とまぁ、少々不格好でしたけど、大体こんな感じです。

どうです？　少しは参考になりましたか？」

「……、なるわけないです」

「くっ⁉　やっぱり！」

リクスがへこみ始める。

「俺程度の腕前じゃ、参考にならないですよね！　すんません……ッ！」

「えっ⁉　いやっ！　あのっ！　リクス君が下手とかではなくてですねっ⁉」

ああもう、面倒臭いっ！　と。

なぜか心の中で慌てふためきながら、ルティルが弁解を始める。

「そ、そうではなくて、その……凄すぎて参考にならないというか……」

「ようし！　わかりました！　こうしましょう！」

まったくルティルの弁明を聞かず。

突然、リクスが、ルティルの背後から、がばっとルティルに組みついてくる。

「ふぇっ⁉　り、リクス君っ⁉　一体、何を——ッ⁉」

「こうなりゃ、先輩に手取り足取り教えます！　多分、その方が早い！」

リクスはルティルの背中に密着し、背後から手を取り、弓の使い方を直接教え始めた。

「ちょ——ッ⁉　リクス君⁉　さ、さすがにいきなり大胆過ぎでは⁉」

「大丈夫です！　俺に任せてください！　今日一日で、二百メートル先の敵指揮官の頭を吹っ飛ばせるようにしてみせますから！」

「そんなの要らないですぅうううううううううう――っ！」

リクスの拘束から慌てて逃れようと、ジタバタもがき始めるルティルだったが。

（………………、……まぁ、いいですか……たまにはこういう読めない展開も）

なんとなく。

なんとなく、そういう気分になって。

ルティルは、リクスに身を任せることにするのであった。

「弓を持つ腕はこう伸ばしてですね、あ、こっちは柔らかく握って……」

「……ふふっ、リクス君、そこ。なんかくすぐったいです」

「あっ！　すんません、変なとこ触っちゃいました⁉」

「いえいえ、お気になさらず。……で？　次はどうするんですか？」

「はい、次は狙いの付け方ですが、片目を瞑《つぶ》ると案外当たらないので……」

しばらくの間。

リクスの臨時弓講座を熱心に受け続けるルティル。

まぁ、当然、二百メートル先の敵指揮官の頭を吹き飛ばす威力と精度は出せるようにならなかったが。

せいぜいが、ど真ん中とは言わずともなんとか的に当てることができるようになる程度ではあったが。

二人は、それなりに楽しい一時をしばし過ごすのであった――

――。

――ちなみに。

「一体、リクスとルティルはどこへ行ったんじゃあああああ⁉」

別の場所では、セレフィナ達がリクス達を探して延々と街中をさまよっていた。

「うーん。この街で、カップルがデートで回りそうな場所は一通り探したよね」

「一体、どこほっつき歩いているのかしら、あの馬鹿共。

……おい、駄竜。匂いは？」

「くんくん……うーん？　なんか不自然に辿《たど》れないんすよね、アニキ達の匂い」

「多分、ルティルのやつが、匂い消しの魔法香水とか使ったんじゃろ。あの抜け目ない女め……ッ！」

　セレフィナ、アニー、シノ、トランが、リクス達の行方について考察していると。

　突然、ランディがこんなことを言った。

「なぁ、逆にカップルがデートで回りそうにない場所を探した方がよくねえか？　例えば……そうだな、射的場とか」

「あっ！　そうっすね、ランディ！　アニキってばそういう場所にいそうっす！」

　ランディの提案に、トランが同意するが。

「ぷ――――っ！　何を言っておるか、ランディ！　さすがにありえんじゃろ！」

「いくらデリカシー皆無でお馬鹿のリクスとはいえ……デートで女の子とそんな色気もない場所に行くわけないでしょうに」

「さすがにそれだけはないと思うよ、ランディ君、トランちゃん」

　笑い始めるセレフィナ、シノ、アニーであった。

「まぁ、そうか……確かに……そりゃそうだな……」

「むぅ～、トランはそうは思わないんすけどぉ～」

　的外れな発言を気まずそうに恥じるランディに、どこか納得いかないように頬を膨らませるトラン。

彼女らがリクス達と合流する時は、まだまだ遠い——

——。

——そんなこんなで。
ルティルがリクスと過ごす時間は、本当に飛ぶように過ぎて行って。
日はすっかり落ち、もう夜になっていた。

「……いやぁ、今日は楽しかったっすね！」
「…………」

ルティルは夜の街の道を、リクスと並んで歩いている。
ぼんやりと夜闇の向こう側を見つめながら、ルティルは今日一日のことを振り返る。
楽しかったか？　楽しくなかったか？　と、問われれば。
それは間違いなく——
(楽しかったです。……楽しかったに決まってる)

男と過ごして、こんなに楽しかったのは……まだリシャール様が生きていた時以来のことだ。

これまでルティルは、とある目的のため、欠片《かけら》も興味ない男達との交際を繰り返してきたが、そのどれもが苦痛極まりない時間だった。

交際人数を積み重ねていくごとに汚《けが》れていく心と身体《からだ》に、ずっと麻痺《まひ》していた。

だって、どうでもいい。どうせ死体は何も感じないのだから。

だというのに。

なぜか今は胸が熱い。高揚している。

とっくに死んで埋葬されたはずのルティルという存在が、急に蘇《よみがえ》ったかのようだ。

(まぁ……それも、結局、どうでもいいですけど)

ルティルが自嘲気味に、今、自身に起きている変化を無視する。

(問題は……ここからです)

そう、本番はここからなのだ。

色々予定外、想定外、予想外なことが多すぎたが。

今日のデートは大成功といっていいだろう。

自分がこれほど楽しいと感じたのだ、リクスだって楽しいと感じてくれたと思う。

今日一日で、リクスの心はぐっと自分に近づいたはずだ。

実際に、惚《ほ》れた腫れたの段階にはまだなってないかもしれないが、自分に対して相当好感度は高くなったはずだ。

……それで充分。

少しでもリクスの気持ちが、自分へと向かえば、ルティルにとってはそれで充分。

（収穫《クロージング》の時間です）

ルティルが妖しく笑った。

（〝私〟で、リクス君を、私の物にする。いつものように）

実は、ルティルの身体には、とある呪的魔法式が刻んである。

それは──禁忌とされている魅了の魔法。

異性を骨抜きにして己の虜《とりこ》とし、己の意のままにする完全服従魔法である。

今までルティルが、まったく後腐れなく、妙な噂《うわさ》も立たず、男をとっかえひっかえできていた秘密は、まさにこの禁呪にこそある。

ルティルは今までこの禁呪を使って、自分の最終目的に必要な情報や物品を、それらを持つ男達に接近し、集め続けてきたのだ。

ずっと。……ずっと。

心を殺して。身体を汚して。

ずっと――……

（だけど、他者の精神や心を完全に改変し、魂レベルで掌握してしまう魔法は、恐ろしく高等な魔法です。

基本的には、どれも一時的に心変わりするようなもので、永続的には不可能とされているのですが……だからこその――〝これ〟です）

とはいえ、条件はある。無作為でやって成功するものではない。

リクスのルティルという異性に対する、ある程度の男女の感情値の高さが必要だし、さらには最後に決定的な条件が一つある。

それは――……

（……これから満たします）

心の中で妖しくほくそ笑んで。

不意に、ルティルは隣を歩くリクスの腕に絡《から》みついた。

密着し、豊かな胸をあえてリクスの腕に押し付ける。

「……る、ルティル先輩？」

案の定、戸惑い始めるリクス。顔を赤らめ、落ち着きがなくなる。

いくらこちらの予想を裏切る行動を取り続ける読めない男とはいえ、リクスはやはり年相応、思春期真っただ中の少年。

男女の駆け引きの経験値ならば、こちらが圧倒的に上だ。

手玉に取ってみせる。いつものように。

「きゅ、急にどうしたんすか？」

「いえ、なんとなく」

媚《こ》びるような笑みと共に、さらに身体を密着させるルティル。

ますますリクスは恐縮していく。

「えーと、あはは……それにしても、今日は本当に楽しかったですね!? 先輩!?」

「ええ、本当に楽しかったです」

ルティルが微笑《ほほえ》む。演技や嘘《うそ》偽りなく、心からこの台詞《せりふ》を言うことになるのは予想外であったが、これもまぁ、この場合においては好都合だろう。

「今日はリクス君と一緒に遊べて、本当に良かった」

「俺もっすよ」

いい雰囲気だ。いつも通り自身の勝利を確信できる展開。

「でも、名残惜しいけど、そろそろお開きっすね。寮舎の門限も近いですし、帰りますか！」

そう言って、リクスはやんわりとルティルを振りほどいて、歩き出そうとするが。

ここが勝負所。

ルティルは力を込めてリクスを引き寄せ、その腕を離さない。

そして、その場で立ち止まる。

その場所は——実に計算通り。ちらりとその建物を見て、ルティルがほくそ笑む。

「……先輩？」

「私……まだ帰りたくない。もっと貴方《あなた》と共にいたいんです」

「え、えーと？　あ、あのぉ……？」

「ちょっとズルいかもですけど……外泊届、すでに学院側に提出しちゃったんです。

その……私とリクス君の二人分」

ルティルが顔を赤らめながら、つと、すぐ傍《そば》の建物へと視線を動かすと。

その建物は——二階に宿屋付きの酒場。

明らかに、逢引《あいび》きした男女がそういう目的で使うタイプの店。

「——えええええ——っ⁉」

元・荒くれ者の傭兵《ようへい》が、さすがにその建物の意味も、この誘いの意味もわからないほど初心《うぶ》な少年のはずもなく、リクスは顔を真っ赤にして、素っ頓狂な声を上げる。

そんなリクスへ、ルティルは妖しく誘《いざな》うように囁《ささや》きかける。

「今夜は……私と一緒に過ごしませんか……？」

第十章　私の切り札

ルティルは、勝った。

これで条件は満たされ、禁断の魅了魔法は発動。

リクスの心と魂は、永遠に自分のものになる。

ルティルはついに、長年の悲願である《黎明《れいめい》の剣士》の〝光の剣閃《けんせん》〟を手に入れることができたのだ。

ここからだ。

ここから、ついに始まるのだ。

私からリシャール様を奪った、あの憎き《祈祷《きとう》派》。

あいつらを、リクスを使って──……

（貴方が、私の〝切り札〟になるんですよ、リクス君……ッ！）

──そんなはずだった。

だが。

「すみません、先輩ッ！」

リクスが、ルティルの前で、頭を下げていた。

「いや、俺の勘違いかもしれませんけど！　もし本当にそういう意味で、先輩が俺のこと誘ってくれているなら、なんていうか……もうめっちゃ光栄なんですけどっ！　でも、俺……そういうの、将来を誓い合った相手としかしないと決めてるんです！　だから、そのお誘いには乗れません！　本当にすんませんっ！」

そんなリクスの言葉に、呆気《あっけ》に取られるしかなかった。

（……は？　なんで？）

今まで、この状況でルティルの誘いを断れた男はいなかった。

これまでの過程で、心底、ルティルの虜になって。

あるいは虜とまではいかずとも、一夜の火遊び、一時の情欲に流されて。

誰も彼もが、ルティルに落とされた。食われていった。

今回もそうだと思っていた。自分が本気を出せば、落とせると思っていた。

しかも、今回の相手は、今までのクソどうでもいい男共ではない。

あの念願の〝光の剣閃〟の使い手、リクスなのだ。

だから、なおさらルティルはこの現実が認められなかった――……


「な、なんでですかっ⁉」


ルティルは最早《もはや》、仮面を取り繕うのも忘れ、必死になってリクスに縋《すが》りつく。

「どうして⁉　私の一体、何がダメなんですか……ッ⁉

確かに、今日のデートはその……色々とこちらに不手際《ふてぎわ》がありましたけど！　それでもリクス君も、ものすごく楽しんでくれましたよね⁉」

「めっちゃ楽しかったです」

「私、こんなに美人で可愛《かわい》いんですよ⁉　そんな女の子と一日楽しく過ごして、いくらなんでも、少しくらい男の子として、くらりと来ますよね⁉　普通！」

「はい、来ました」

「なのにどうして⁉　どうして、私じゃダメなんですか⁉」

するると。

「でも……先輩って、多分、俺より好きな人、いますよね？」

不意打ちのように核心ど真ん中を刺されて、ルティルが言葉を失った。

「……え？」

「いやぁ……俺も男女の恋愛については、経験がなさ過ぎてよくわかんないので、こう……感覚的とか、直感的なもんに頼った話しかできないんすけど……

そうっすね、たとえ話なんすけど……人が殺し合いする時って、殺意というか、敵意というか、そういう強い気持ちがダイレクトに互いの相手へと向くんですよ」

いきなり何を物騒なこと言い出すんだ、と呆気に取られるルティルの前で、リクスが淡々と続ける。

「〝お前を殺す〟……互いがそう決めた瞬間、互いに自分が殺すべき相手のことしか見えなくなるんです。相手のことしか考えられなくなるんです。

俺、馬鹿なりに考えたんですが……間違っているかもですけど……恋愛って、人を好きになるって、話を聞く限り、これの対極にあるもんじゃないんすか？

先輩は、なんていうか、今いち俺を見てないっていうか……表面では見てても、心の底では、俺以外の人をずっと見てるっていうか……勘なんですけど……」

「…………あ」

ルティルが震えた。

頭をガン、と殴られたような気分だった。

「とにかく、あの強い気持ちが、俺に真っ直《ます》ぐ向かっている感覚があんまないから、そう思っちゃったんですよね。

先輩には……もう心の底から添い遂げたい大好きな人が、他にいるんだって。

だとしたら、悪いじゃないですか。

先輩がどういうつもりで俺を誘ってくれたのか、よくわかんないっすけど……先輩には本当に好きな人が他にいるのに、このまま乗っちゃうなんて。

そりゃ、俺も年相応にそういう行為に憧れありますけど、先輩を傷つけるような真似《まね》はできませんよ。いくら馬鹿でも」

「あ、ぁ、……ぅ……」

頭を抱えて、がたがたと震え始めるルティル。

「だから、先輩。本っ当に申し訳ないんですけど、今日は……」

このままお開きにしましょう。

リクスがそう言いかけた、その時だった。


がっ！


ルティルが必死の形相で、リクスの腕を摑《つか》んで来たのだ。

「る、ルティル先輩……？」

「だ、ダメです……そんなの……ダメです……ダメなんです……ッ！」

ギリギリ、と。

ルティルに摑まれるリクスの腕が軋《きし》む。

「せ、せんぱ……ッ⁉」

苦痛と困惑に表情を歪《ゆが》めるリクスへ、ルティルが鬼気迫るような、それでいてどこか強迫観念に追い詰められてしまったかのような顔で、迫る。

「私は……今日！　貴方を！　私の物にしなきゃいけないんです……ッ！

私の悲願のためには、貴方の力が必要なんです……ッ！

悲願のために、私は……今まで、あのクソみたいな男共に身体《からだ》を許してきて……ッ！

私に触れていいのは、リシャール様だけだったのに……ッ！

リシャール様を裏切って……ッ！　大事な親友のセレフィナとも決別して……ッ！」

ぽた、ぽた、ぽた……と。

ルティルの瞳から大粒の涙が溢《あふ》れ、頰を伝って零《こぼ》れていく。

「……全ては『ダードリックの惨劇』を清算するために……ッ！

リシャール様を殺したあの忌々《いまいま》しい《祈祷派》共を皆殺しにしてやるために……ッ！」

「せ、先輩……ッ!?」

「貴方《あなた》の力が必要なんです！　貴方の〝光の剣閃〟が……私には……ッ！

私、貴方のために何でもします！　お願いします！

《宵闇の魔王》の『祈祷魔法』を使う連中を滅ぼすためには……《黎明の剣士》と同じ、〝光の剣閃〟を持つ貴方が必要なんです……ッ！　だからぁあああああ――ッ！」

ルティルの魔杖《まじょう》たる指輪が、昂《たか》ぶる魔力と共に輝く。

凍気が渦を巻き、リクスの手足をパキパキと凍らせていく。

だが、その瞬間だった。

――抜剣一閃。

　リクスの剣が、ルティルの指輪を正確無比に断ち割っていた。

「……あっ」

　その一瞬、魔法を封じられ、ルティルの首筋に突きつけられるリクスの剣。

　敗北を悟ったルティルが、呆然《ぼうぜん》とその場にへたり込む。

　半ば凍りかけた腕を強引に振り抜いたせいで、リクスの腕の肉は裂け、生温かい血がボタボタ零れているが、一向に気にせず、リクスは言った。

「すんません。こないだの授業の時と比べると……今の先輩、凄《すご》く弱いです」

「……………う……」

「俺達のデート……今日はもうお開きにしましょう。

　互いに落ち着いたら、もっとゆっくり話しましょう。

　先輩が何かすごく重たいものを背負っているってのはわかりました。

　話してくれれば……俺だって、もっと先輩のために協力できることだって、色々とあると思うんです。

　そんな風に、先輩が傷つかなくていい方法が……あると思うんです。

　だから……」

そんなリクスの言葉を置き去りに。

「――――ッ!」

ルティルは、リクスの手を振り払い、背を向け、そのまま駆け出していく。
身体強化魔法なのだろう。
あっという間に、ルティルの姿が夜の街へと消えていく。
追いかける暇もなかった。

「先輩……」
リクスはただ、黙って、その背を見つめ続けるしかないのであった。

――――。

「今さら……どうしろっていうんですか……ッ!?」
ルティルの嘆きと慟哭《どうこく》が、キャンベル・ストリートのとある暗い路地裏に、木霊《こだま》していた。

「リシャール様を裏切り、セレフィナにも嫌われ、もう私は、とっくに取り返しがつかないのに……ッ！　後戻りできないのに……ッ！

リクス君が……〝光の剣閃《けんせん》〟が手に入らないなら……一体、私は今まで、なんのために……ッ⁉　なんのためにぃ……ッ！」

どうして、失敗してしまったのか？

焦《あせ》りすぎていたのか？　念願の〝光の剣閃〟を見つけ、冷静さを失っていたのか？

もっと、じっくり時間をかければ、リクスを自分の物にできたのか？

いや……多分、どの道、駄目だ。

なんとなくわかる。他にどんな手を尽くそうが、どう立ち回ろうが、あのリクスは……決して自分の物にならなかったであろうということが。

ルティルがひたすら隠し通してきた心の奥底を、直感と本能であっさり暴いてくるようなやつに、自分の小賢《こざか》しい策や計算など、最初から太刀打ちできるはずがなかったのだ。

「何もない……私には、もう……何もないよ……愛情も……友情も……何も……」

ルティルが泣きながら、路地裏をふらふら彷徨《さまよ》っていると。

ふと、前方から人の気配。

危険な雰囲気を感じて、ルティルが立ち止まる。

やがて、ルティルの前に現れたのは……


「探したぞ、ルティル」

「……カークス……？」


氷漬けにして封印したはずのカークスであった。

完全に極《き》めたはずの氷縛を抜け出せたのも驚きだが……今のカークスは何かが違った。

カークスの全身に、世にも悍《おぞ》ましい魔力が漲《みなぎ》っていた。

この魔力の波動を、ルティルは知っている。

そう。あの憎き《祈祷派《きとう》》共が、どいつもこいつも、馬鹿の一つ覚えみたいに、ご神体として自慢げに掲げている、あの──……

「くくく、悪く思うなよ、ルティル。俺を受け入れないお前が悪いんだ……俺があんなに尽くしてやったのに、それを仇《あだ》で返したお前が悪いんだ……ッ！」

全身に圧倒的な魔力を漲らせながら、カークスが立ち尽くすルティルへと迫る。

その異様な魔力に当てられたせいか、カークスはすでに正気ではない。

その双眸《そうぼう》はこの暗闇の中でもわかるほど爛々《らんらん》と輝き、まるで肉食獣のようだ。

「俺は……今からお前を強引に俺の物にしてやる……ッ！

抵抗しても、泣き叫んでも無駄だ……ッ！　圧倒的な力で、絶対的な力で、お前を捻じ伏せ、蹂躙《じゅうりん》し、俺の色で染め上げてやる……ッ！

強引に俺への隷属契約を結ばせ、薬漬けにして、一生涯、奴隷として飼ってやる……俺をコケにしたことを後悔させてやる……ククク……

今の俺には……それだけの力があるんだぜ……あはははは……ッ！」

その瞬間。

カークスから、さらに暴力的な魔力が立ち上った。

全てを圧殺する壮絶なる魔力。明らかに人を超えた邪悪なる者の魔力の片鱗《へんりん》。

そんな絶望を前に――ルティルは不意に、笑った。

「あ。そっか」

まるで、賢者が長きにわたる修行の末に、悟りでも開いたかのような、回心《えしん》でもしたかのような、そんな爽やかな笑み。

「ありがとうございます、カークス。私に大事なことを教えていただいて」

「……え？」

「そうだ……どうして気付かなかったんだろう……？

考えてみれば、一番シンプルな、この世界の原理なのに……

〝汝《なんじ》、望まば、他者の望みを炉にくべよ〟……魔術師の根本原理なのに……

そう……欲しい物があるのなら、餌で釣る必要なんてない。

奪えばいいじゃないですか。

あの日、私が理不尽に奪われたように……ッ！」

そう言った、次の瞬間。

ルティルの全身から、カークスの邪悪な魔力すら飲み込まんとする、圧倒的な凍気が立ち上り――路地裏を、白く、白く、染め上げた。


――――。

第十一章　奪われた過去と光の剣閃

「ぎゃっはははははははははは――っ！　ぶぁかめ！　ルティルのやつ！　見事、リクスにフラれおったわ、ぎゃははははははは！　ざまみろ！」


帰りの道中。

どうやら一日中リクスを探し回っていたらしいセレフィナ達に、リクスは合流した。

そして、事情を聞くや否《いな》や、セレフィナは大笑いをしていた。

「そう笑うなよ、セレフィナ……なんかあの人、凄く悲しい目をしていた」

リクスが気まずそうに頭をかき、セレフィナを窘《たしな》める。

「俺にはよくわからないけど……ルティル先輩、そのリシャールって人のことが、よほど好きだったんじゃないかな……自分という存在がどうでもよくなるくらいに。

俺はあの人を受け入れることはできないけどさ……でも、何か力になってあげたいって普通に思うよ」

「ふ、ふんっ！　そんなの余とてわかっておるわ！」

リクスに窘められ、セレフィナがそっぽを向き、そして目を伏せる。

「しかし……そうか、ルティルのやつ……兄様のこと、忘れたわけではなかったのか……

全ては兄様を殺した《祈祷派》を追う情報収集のために……仇討《あだう》ちのために……

まったく馬鹿なことを！　なぜ、余に一言も話してくれなかった！」

悔しげに地団太を踏むセレフィナに、シノも少し悔しげに続ける。

「確かに、私が調べた限りでは……ルティルの男性遍歴の相手の共通点は、学院の内外問わず魔術師であること、大会運営関係者であること、後、どうにも背景がグレーな人物ばかりだったわ。

全ては《祈祷派》の調査のためと考えれば、辻褄《つじつま》が合う……

……気付くべきだったわね。私も冷静じゃなかったのかも」

「えっ？　なんでシノが冷静じゃなかったの？　なんで？　なんで？」

「どうしよう、セレフィナ。今、私、もの凄くこの馬鹿、ぶん殴りたい」

「良いぞ。許可する」

なぜか不機嫌そうに、ぽかぽか背中を叩《たた》いてくるシノに、リクスが不思議そうに苦笑いしていると。

「しかし……やっぱり、お前凄《すげ》えわ」

隣を歩くランディがそんなことを言ってきた。

「そんな状況で、よくルティル先輩の誘惑に流されなかったな」

「ははは、いくら馬鹿の俺でも、そんな不誠実な真似《まね》はできないよ。男として」

「そうだな。俺はそんなお前を尊敬するよ。……でも、本音は？」

「すっごく、もったいないことした気がする！　男として」

「……だよな。それもわかる」

涙ぐむリクスの肩を、ランディが優しい笑みでポンと叩く。

「……最低。キモ過ぎ」

「これじゃから男は」

「不潔だよ、リクス君……」

そして、女性陣――シノ、セレフィナ、アニーからの評価は地に落ちていた。

「話終わったっすかぁ!?　もうトラン、一日アニキ探し回ってお腹《なか》ペコペコっすよ！」

そして、空気を読まないトランが騒ぎ始める。

「早く帰って、皆でご飯食べるっす～～っ！」

「まぁ……そうだな、俺も疲れたわ」

「じゃな。ルティルのことは……まぁ、明日考えようて」

そんな風に、学院へ向かって談笑しながら戻り始めた……その時だった。

「――っ⁉」


不意に、先頭のトランが立ち止まって。

ばっ！　とその場から飛び下がる。

「トラン？　どうしたんだ？」

「ふーっ！　ふぅーっ！」

呆気《あっけ》に取られる一同の前で、トランは獣のように身を低くし、何かを警戒するように前方の闇を凝視し、唸《うな》り声をあげていた。

学院へと続く一本道。

すでに街からは離れ、左右は深い森。


かつん、かつん、と。

何者かの靴音だけが、夜の森の静寂に木霊《こだま》する。

何事かと身を硬くする一同の前に。

やがて、闇の中から染《し》み出すように、姿を現した人物は——


「こんばんは、皆さん」


——ルティルだった。

今までのどこか作り物じみた笑みではない。

何か憑《つ》き物でも落ちたかのような、心からご機嫌な笑みを浮かべている。

——否《いな》。

話によれば、今までのルティルこそ、燃え尽きた死人のようなものだったはず。

なれば——これは逆に憑かれたか。

そう思わせるほど、不自然に自然な笑みであった。

「ルティル先輩……？」

リクスが駆け寄ろうとすると、セレフィナがそんなリクスを制して、前に出る。

「ルティル。話は聞いた。全ては兄様のためじゃったのだろ？」

「…………」

「すまぬ。余は汝《なれ》の葛藤に気付いてはやれんかった。汝《なれ》が兄様を喪《うしな》ったことに、そこまで追い詰められていたとは、夢にも思わなかったのだ。

汝《なれ》は……ずっと、兄様の無念を晴らすため、たった一人で戦っていたのだな？」

「……………」

「だが、汝《なれ》は間違っておる！　そのために、汝《なれ》がずっと傷つき続けるなど……そんなことあの優しい兄様が望んでおるわけがなかろう⁉

もうやめよ！　これ以上自分を傷つけるのはやめるのじゃ！　汝《なれ》がいくら傷ついたところで！　《祈祷派《きとう》》に復讐《ふくしゅう》を果たしたところで！

もう兄様は、帰ってこないのじゃ！」

「先輩。先輩は……常に魔法学院のために色々と考えて、尽くしてきましたよね？」

セレフィナに続いて、リクスも口を開く。

「魔法学院の皆のために、危険な《祈祷派》をなんとかする……そういう話でしたら、俺だって、喜んで協力しますよ。

だって、俺……あの学院が大好きですからね。だから……」

そう言って、リクスがルティルへ向かって手を差し出すが……

「えっ？　あっ、うん。それはもう別にいいの。どうでもいい」

ルティルは晴れやかな笑顔のまま、突っぱねた。

「……ルティル先輩？」

「あの学院なんか、どーでもいいし。ぶっちゃけ、リシャールもどうでもいい。うん、全部、全部、もうどーでもいいの。どーでもよくなっちゃった。ていうか、私、なぁんであんな過去の男に拘《こだわ》ってたんだろ、馬鹿みたい。あははは」

「な……なんてこと言うんじゃ!?　ルティル！」

様子のおかしさより、その台詞《せりふ》を看過できず、セレフィナが激昂《げきこう》する。

「乱心したか!?　汝《なれ》は誰よりも兄様のことを深く想っていたから、今まであのような――」

「あ？　うるせーです、セレフィナ。ぶっちゃけ、貴女《あなた》も、もうどーでもいいです」

極上の笑顔のまま、取り返しがつかないほど壊れたルティルが言う。

「私は、リクス君を手に入れるの。〝光の剣閃《けんせん》〟を、自分の物にするの。そして、その力で《祈祷派》のクソ共を皆殺しにして――後は、もうどうでもいいの！　あはっ、あははっ、あはははははははははははははははははは――っ！」

ルティルが高笑いした、その瞬間だった。

世界が白く、爆発した。


ルティルの全身から爆発的な、凍《い》てつく魔力が周囲へと拡散し――

周囲が一瞬で、吹雪と、氷に覆われた、超極寒の銀世界へと変貌する――

「んな――ッ⁉」

「あはははははははははははは――ッ！　あっはははははは――っ！」

そして、哄笑《こうしょう》するルティルに重なる、幻の天使の姿。

白い喪服に身を包み、全身に氷の花を咲かせた、身震いするほど美しい女の天使。

それは――

「深淵《クリフォト》最上位七十二柱《はしら》が一柱――《氷花を捧《ささ》ぐ葬送者》！

貴女――どこで『祈祷魔法』を覚えてきたのよ⁉」

シノが驚愕《きょうがく》の表情で叫んでいた。

「ああ……これ、そういう風に言うんですか？　あははは、なぁんか、変な馬鹿をボコって奪った骨を適当に弄《いじく》り回してたら、すぐできるようになりましたわ」

こともなげにそんなことを言うルティル。

「ですが——この力なら、リクス君を私の物にできます……

欲しいものは奪えばいいんです。気に入らないものは捻じ伏せればいいんです。

……力で。

あはっ、あはははははははははははははははは——っ！」

ルティルの哄笑に応じるように、周囲の気温は一気に下がっていく……まるで、際限がなかった。

「い、一体、どうしたというのだ、ルティル⁉　まるで人が変わって……ッ⁉」

「『祈祷魔法』って、そういうものなのよ」

シノが苦々しく言う。

「『祈祷魔法』は……いうなれば、神や悪魔、天使……自分達より、上位の存在と同化するに等しい魔法よ。

でも、連中は無色の暴威であり、人の常識や思考では決して測れない存在。

『祈祷魔法』の習得者は、絶大なる力を得る代わりに……必ず人間性を失っていく。

ゆえに、思考や行動原理が歪《ゆが》む。その術者の原初的な衝動と渇望《かつぼう》が歪んでいく。

そう。手段と目的が入れ替わっていくの……その他の全てを打ち捨てて。

ゆえに、かつて、故郷を守るために力を求めたはずの私は、ただ力を求めるだけの《宵闇の魔王》に成り果てたし……」

「今のルティルは、リクスへの渇望と《祈祷派》に対する殺意のみ、か……」

セレフィナが苦々しく呟《つぶや》いた。

「どうすればいい？」

そんなシノ達へ、リクスが剣を抜きながら問う。

「どうすれば、先輩を助けられる？　正気に戻せる？」

すると、シノが自らの髪の毛を、いつものようにリクスの指に巻き付けながら言った。

「……聞く限り、彼女が遺物を得て『祈祷魔法』を習得したのは、ほんの少し前よ。

事実だとしたら、彼女は『祈祷魔法』の天才か。

あるいは、遺物の部位との相性が良かったか。

かつての私は、人を構成する全身二百六の骨のうち、七十二の骨に『大いなる者』を降ろして、使役していたから」

「壮絶だな」

「今なら、遺物を彼女から引き離して破壊すれば間に合う……かもしれない」

「……わかった……ッ！　ルティル先輩！」

そう言って。

リクスは剣を構え、ルティルへと立ち向かう。

その剣先に、〝光〟が宿るのであった——


——。


極寒の凍気が、容赦なく迫る。

あらゆる生命を凍らせ、停滞させる死の吹雪が、殴りつけてくる。

それをシノが一同を守るように広域展開した、魔力障壁が受け止める。

「くぅううう！」

だが、壮絶な凍気は、そんなシノの魔力障壁ごと、凍てつかせていく——

「くぁあああああああ——ッ！」

セレフィナが圧倒的熱量の炎嵐《えんらん》を巻き起こし、吹雪を押し返そうとする。

「ちぃいいいいい——っ！」

ランディが、繰り出す拳から大砲のような突風を巻き起こし、その炎嵐を後押しする。

「やぁあああああ——っ！」

さらに、トランが炎の息を吐き出す。

人間の魔法とは比べ物にならない火力が、凍気を相殺《そうさい》、押し返そうとする。

だが――


「温《ぬる》いです」


ぱちん、と指鳴らし一つで。

ルティルの背後に立つ天使が、さらに魔力を高め、凍気を爆発させ――

シノの魔力障壁を。

セレフィナの炎を。

トランの吐息を。

その全てを――あざ笑うかのように、凍てつかせた。

「なぁ――ッ!?」

圧倒的な、絶望的な、壮絶的な凍気が、一気に一同へと押し寄せる。

「う、うわぁあああ!?　腕が……足がぁあああ!?」

「くぅうううううううう!?　なんて凍気じゃ……ッ!?」

ランディやセレフィナ、トラン達の手足が立ちどころに、パキパキと凍り付いていく。

物凄《ものすご》い速度で身体《からだ》が凍てついていき、一同が瞬時に絶命する——その半瞬前。

〝光の剣閃〟が——迸《ほとばし》った。

リクスだ。

リクスが振るった剣先に広がる閃光が、その場を飲み込む凍気を真っ二つに断ち斬ったのだ。

断ち斬られた凍気は、まるで嘘《うそ》のように霧散し——

凍り付いていた仲間達の身体は、凍り付いた速度と同じ速度で戻っていく。

固まっていた手足に再び血が通っていく……

「た、助かったぜ……痛《い》つつつ……」

「リクス……ッ！」

「下がっててくれ、皆」

リクスが剣を構えながら、前へ出る。

「アニー、シノ、皆の凍傷を癒《いや》してやってくれ。

トラン……なるべく距離を取って、お前の力で皆を凍気から守ってやってくれ。

なんかこう……炎の吐息を良い感じにしてさ」

「あ、アニキはどうするんすか⁉」

「俺は……」

ちらり、と。リクスは高笑いしながら凍気を無限に高め続けるルティルを流し見る。

「……ルティル先輩を止める。

というか、今の先輩の狙いは俺だからな、俺がなんとかしなきゃだ」

「確かに、今、あの凍気に対抗できるのは、リクスの〝光の剣閃〟しかないわね」

「余らは……足手纏《あしでまと》いか」

無念そうに、セレフィナが歯噛《はが》みする。

「リクスよ」

「なんだい？」

「……ルティルを……姉様を、頼む」

「任せろ」

そう力強く言って。

リクスは剣を下げて、ルティルが展開する極寒の死地へと足を踏み入れていくのであった。

――。

「しかし……リクス君は本当に凄《すご》いですね」

自分の前に一人立ったリクスを見て、ルティルがにっこりと笑った。

いつものように穏やかで温かな微笑なのに、どこか致命的に壊れている。

こんなの先輩じゃない……そう思いながらも、リクスは会話に応じた。

「そうっすか？　剣しか取り柄がないんすけど」

「その剣で、魔法に対抗できているから、凄いんじゃないですか……ッ！」

ルティルが腕を振り上げる。

再び、リクスの視界を埋め尽くす、圧倒的な寒波。

だが、リクスは臆せず、引かず――剣を構え、振り抜く。

光の剣閃《けんせん》が真《ま》っ直《す》ぐ飛び、再び、迫り来る凍気を左右真っ二つに斬り開き、雲散霧消させる。

「凄い！　凄い！　凄い！　リクス君、やっぱり凄い！」

「……なんでかよくわかりませんけど。俺の光の剣閃は、魔法を斬ることができるみたいですね。本当になんでかよくわかりませんけど」

舞い散る氷片、凍気の残滓《ざんし》を剣で払いながら、リクスがルティルを見据える。

「でも、魔法を斬って無効化することができる剣なら、なんとか先輩にも対抗できる……ッ！　先輩、俺が先輩の目を覚まさせてあげます！」

「魔法を斬って無効化することができる剣……？」

すると、そんなリクスの言葉に、一瞬ルティルがキョトンとして。

「あはっ！　あははははっ！　やだもう、リクス君ったら！」

なぜか突然、けたたましく笑い出した。

「……先輩？」

「魔法を斬って無効化する剣だなんて……リクス君ったら、勘違いしてる！

リクス君の剣は、そんなレベルの低い話じゃないですよ!?　魔法を無効化するだけだったら、そんなの魔法でもできることなんですから！　あはははははっ！」

「………？」

意味がわからないリクスは、そんなルティルの笑いを流すしかない。

「リクス君は、この世界でただ一人の希有《けう》な人材。私に相応《ふさわ》しい人。

ねぇ、リクス君。私の物になってよ。私の物になってくれたら、私が知る限りの、その剣の本当の使い方を教えてあげる。

それで——一緒に《祈祷派《きとう》》を皆殺しにしましょう？　ね？」

「…………」

「《祈祷派》は、リクス君の平穏無事な学院生活を脅《おびや》かす存在ですよ？　リクス君にとっても決して悪い話じゃないと思うんですけど……」

「お断りします」

リクスが厳然とルティルの誘いを突っぱねた。

「俺は、先輩にそんなことをさせたくない。人殺しをさせたくないんだ」

「……今さらでしょう？　私も、リクス君も。私達、これまでいっぱい、人を殺してきたよね？　なのになんで？」

「過去は仕方ないです。変えられないですから。問題は、今とこれからです」

「……？」

「今の先輩は、エストリア魔法学院の学生です。俺もね。

傭兵《ようへい》としての俺が、決闘者としての先輩が、人を殺したのは……もう仕方ないです。

だって、俺達はリアルにそういう世界で生きてきたんですから。

でも……今は違う。
今の俺と先輩は、エストリア魔法学院の学生なんです。
学生としての俺達が人を殺したら……もう取り返しがつきません。
あの学院には、いられなくなるんですよ？」
「それの……何がいけないんですか？」
ルティルがキョトンと首を傾《かし》げる。
「別に、私は、あんな魔法学院のことなんか、どうでもいいですし？
どうなったって構いやしませんし？
むしろ、最初から、あんな学院なんかに、何も思い入れはありませんでした。
私は《祈祷派》さえ殲滅《せんめつ》できるなら……どうでも良かったんです。
そう……もう何もかも、どうでもいいんです――……」
だが。
「嘘《うそ》だ」
リクスは確信を持ってそう断言した。

「先輩は、嘘を吐《つ》いてる」

「は？　嘘？　何が……」

「どうでもいいわけがないです。

確かに先輩は、当初リシャールさんの仇《かたき》を討ちたいって、復讐《ふくしゅう》したいって、その思いで《祈祷派》を追っていたんですよね？

「かもしれませんって、実際、そうですが？」

魔法学院も……そのために、利用していただけなのかもしれません」

「だけど！　今は、絶対違うはずだ！　それだけじゃないはずだ！

先輩は……いつも学院のことを、生徒達のことを一番に考えている素敵な人だ！

だから……今の先輩は、学院の皆のために《祈祷派》をなんとかしたいと、そう思ってもいるんですよね？　違いますか？」

「ウゼェ……何をわかったように。貴方《あなた》に、私の何がわかるっていうんですか？」

途端、冷め切った極寒の目をリクスへと向けるルティル。

「やっぱ、リクス君も他のクソな男共と一緒ですね。

私のこと、一方的に理解した気になって、自分の理想を勝手に私へ押しつけてくる……

はぁ〜……どうしてこの世界には、まともな男がいないんでしょうか？」

ルティルはそう蔑むように言い捨てるが。

「どうでもよかったら！」

リクスが負けじと叫ぶ。

「今日のデートで……あんな風に！

学院や生徒会の皆のことを楽しそうに語れるはずがないでしょう⁉」

「――ッ⁉」

「あれが先輩の演技だったとしたら、もうお手上げですけど！

でも……あんな風に楽しそうに語る先輩が演技だったはずがない！

勘です！　俺は――この勘を信じるッ！」

強く、真っ直ぐな意志を込めて叫ぶリクス。

途端、ルティルが硬直する。

今まで常に他者に対して完璧に取り繕っていたルティルが、揺れている。崩れている。

「……そんなこと……ない……そうだとしても……今の私は……もう、全てがどうでもいいってそう思ってる……そう、これは真実……ッ！」

「それは、どこぞで拾った変な骨のせいで、一時的に頭がパァになってるだけです。

先輩からその骨を取り上げて、破壊すれば、全部元通りですよ。

なんか色々と腹黒いし、あざといですけど……本当は誰よりも学院のことが大好きで、皆のことを一番に考えている素敵な先輩に戻るんです。

俺が……先輩を、あの先輩に戻してみせます」

そう宣言して、リクスが剣を構える。

が——

「うふ、あはははは……無理よ……無理です……」

ルティルが自嘲気味に乾いた笑いを零《こぼ》す。

「この骨って凄いんです……もの凄い力が手に入るんです……圧倒的万能感が得られるんです……それと引き換えに人間性が崩れます……

わかります？　私という人間の輪郭が、どんどん崩れていくんです……むき出しの渇望《かつぼう》と衝動が私の全てになっていくんです……もう、私は戻れない……」

「戻れます！　その骨さえ、破壊すれば……ッ！」

焦《あせ》ったようにリクスがそう叫ぶと。

ルティルがにっこりと笑って自分の左胸部へと手を当てた。

「……先輩？」

「ここ」

「ここって……？」

「私が手に入れた魔王遺物がある場所。私の心臓」

「──ッ!?」

「心臓と同化させたんです。つまり──私を殺さないと、私は止まらない」

「そ、そんな……ッ！」

絶望に、リクスが愕然《がくぜん》とする。

「そして、私は自ら止まる気はない。リクス君を死なない程度に痛めつけて、リクス君の自由意思を完全に奪って、私の物にする。

そして……うふふふ、大粛正です。

片端から《祈祷派》の皆殺しを始めるんですよ、うふふ、あはは……きっと、楽しいだろうなぁ……あははは……

なんでそんなことするのか、私にも、もうよくわかりませんけどね！」

「くっ……」

リクスが、じりと一歩下がる。

ルティルを救う手段が……完全にない。その事実に冷や汗を禁じ得ない。

「さて……どうしますか？　リクス君……

私を殺しますか？　それとも私だけのお人形になってくれますか？
さぁ——……」
そう言って。
ルティルがさらに、全身に纏《まと》う凍気を高めていく。
最早《もはや》、息を吸うだけで肺が凍り付いていく、氷結地獄の顕現だ。
「く、そ……」
戸惑いを隠せないリクス。
怒濤《どとう》の大寒波が襲いかかり、視界が真っ白に染まっていくのであった——

——。

「あははははははははははは——っ！」

極寒の吹雪が迫る。

「あっははははははははははははは——っ！　あっはははははははあ

ははははははははは――ッ！　ひゃははははははははは――っ！」

地獄の凍気が迫ってくる。

世界を白く、白く、白く染め上げ、全てを凍《い》てつかせ、停滞させてくる――


「くぉおおおおおおおお――っ！」


それをリクスが斬り払う。

剣先に広がる〝光の剣閃《けんせん》〟。

白い闇を斬り開く、たった一条の希望の光。

迫り来る圧倒的な凍気を、断ち斬り、斬り払い、薙《な》ぎ払い、振り払う。

斬られた凍気は雲散霧消するが、まるできりがない。

ルティルの背後に顕現した天使は、後から後から際限なく地獄の凍気をリクスへ、周囲へと叩《たた》きつけてくる。

最早、周囲はリクスを除いて全てが凍り付き、死に絶える静寂の世界だった。

ホワイトアウトする世界。

リクスには、最早、セレフィナ達の無事さえ、わからない。
そして、ルティルの《祈祷魔法《きとうまほう》》の脅威は、凍気だけではない──

「あっははははははははははは──っ！」

笑いながら、ルティルが手を掲げると。
背後に立つ天使も手を掲げて、無数の氷柱《つらら》を頭上に生み出す。
先端が槍《やり》のように鋭く尖《とが》った氷柱だ。
それを──リクスへ向かって流星群のように落としてくる──

「だぁああああああああああああ──ッ！」

リクスは斬った。
〝光の剣閃〟で、落ちてくる氷柱を片端から、斬って、斬って、斬り落とした。
氷柱が割れ砕け、破片が爆発的に周囲へと四散する。
打ち消しきれない凍気が、破片が、リクスの全身を削っていく。

リクスの体温を容赦なく奪っていく。

吐く息さえ凍り、凍った瞼《まぶた》がくっつき、最早、目を開けることすらままならない。

つま先、指先にはとうに感覚がない。血が通ってない。

剣の柄《つか》は握る手にくっつき、手放すこともできない。

ここまで、時間にして、たった数分。

無限にも思われた地獄のような時間だったが、たった数分。

なのに、すでにここまで追い込まれている。

(だめだ……長期戦はできない……ッ！　早く決めないと……ッ！)

だが、どうすればいい。

そもそもこんな状況ではルティルに近づくことすらできないし、それに……

(心臓！　ルティル先輩の話を信じるなら、先輩の心臓を破壊しないと……先輩を殺さないと、先輩は止まらない……ッ！　でも、それは……)

それには、一体、何の意味があるのか？

(くそ……)

自分が、人形にされるのはまだいい。

だが――ルティル先輩にこれ以上、人を殺させるのは駄目だ。

　リクスには、祈祷魔法や魔王遺物がどういうものかわからないが……多分、使用すればするほど、人でなくなっていき、やがて、〝魔王〟と呼ばれる存在へと化していくものなのだろう。

《宵闇の魔王》となったことを後悔し、涙していたシノを思い出す。

（駄目だ……これ以上は、駄目だ……ッ！）

だが、どうすればいい？

このままでは、ルティルを救うどころか自分の命すら危うい――……

絶望的な思いで、リクスがただ自分を延命するために、ルティルが無制限に叩きつけてくる凍気を斬り払っていると――

「ぐ――ッ⁉」

ついに、斬り損ねた。

直撃は避けたが、その余波を受け、両の眼球が完全に凍った。

（な、何も見えない――ッ！）

掛け値なしの絶望が、リクスの全身を支配する。

さらに――

「……ぐっ⁉　ごほっ⁉」

リクスは、急速に息苦しさを感じる。

ルティルが授業で見せた、周囲の酸素を凍てつかせるあの魔法だ。

眼前に迫り来る凍気に対処するので手一杯で、そっちにまで手が回らなかった。

完全に、結界を張られたようだ。

即座に結界を斬って破壊しなければならないが――

(見えない！　結界の基点がどこにあるのか、まったくわからない……ッ！)

いかなリクスの〝光の剣閃〟と言えど、斬る対象がわからなければ、どうしようもない。

「あははは っ！　チェックメイトです、リクス君」

吹雪の爆音に乗って、ルティルの楽しげな声が聞こえてくる。

「今の私を相手に、よくここまで頑張りましたね……凄《すご》い、凄い！」

「……ぅ」

「大丈夫、大丈夫！　殺しはしませんから。

とりあえず、氷漬けにしてお持ち帰りです♪　きゃっ♥

そして、その後、じっくりと私好みの人形に仕上げて……それから二人一緒の共同作業です！　うふふふ、楽しみですね！」

さらに纏う凍気を高めながら、ルティルが楽しげに近づいてくる気配を感じる。

そして、それに応じて、自分の身体《からだ》が凍てつきながら、氷塊に呑《の》み込まれていくことも。

だが、もう反論もできない。

息苦しい。どんどん気が遠くなってくる。

終わりだ。リクスは負けたのだ。

（くそ……駄目だ……ッ！　いくらなんでも、こんなの勝てるわけがない……ッ！）

リクスが敗北したら。

これから、ルティルはどんどん深淵《しんえん》に落ちていくのだろう。

果たして、ルティルは《祈祷派》を皆殺しにしただけで止まるのだろうか？

……止まるわけがない。

元々、自分の故郷を救いたい一心で祈祷魔法を修めたシノですら、ああなったのだ。

ルティルが第二の《宵闇の魔王》になってしまうことは、想像に難《かた》くない――

（でも、駄目なんだ、俺じゃ……〝光の剣閃〟じゃ……祈祷魔法には勝てないんだ……ッ！）

そう絶望して。

全てを諦めかけて。

でも……不意に、気付いた。

（あれ……？　祈祷魔法の方が強いなら……

なんで、ルティル先輩は、俺を欲しがったんだ……？）


絶望的な、この戦力差に失念していたが。

考えてみれば、そもそもおかしな話である。

《祈祷派》の連中は、当然、祈祷魔法を使えるはずである。

事実、リクスが以前戦ったアンナ先生なんか、まさにそうだ。

あの時は、シノ曰《いわ》く『黄昏《たそがれ》モード』であったが、リクスは祈祷魔法を斬った。

あの時と今とでは、確かに〝光の剣閃〟の出力が違うが……単純な強さだけで、容易に優劣がひっくり返ってしまうものを〝切り札〟と呼んで、全てを犠牲にしてまでも手に入れたがるか？

確かに、〝光の剣閃〟は強いカードかもしれないが。

敵がそれ以上に強いカードを握っていたら、それまでではないか。

相手がどんなカードを握っていようが、全て無条件で斬り捨ててこその〝切り札〟ではないのか。

(何か……あるのか？　祈祷魔法では〝光の剣閃〟に勝てない理由が……？)

剣士は魔術師には勝てない、というこの世界の定説。

だが、それをひっくり返して、最強の《宵闇の魔王》に勝った、《黎明《れいめい》の剣士》。

《黎明の剣士》が振るう〝光の剣閃〟。

さっきのルティルの言葉――〝光の剣閃〟は魔法を斬る剣じゃない。

(なんだ？　〝光の剣閃〟は……《黎明の剣士》は一体、何を斬っていたんだ!?)


『〝概念〟。まぁ、平たく言えば……世界そのものかな？』


リクスは、はっと顔を上げる。

誰かがいる。

目はすでに見えないのに。耳は凍り付いて聞こえないはずなのに。肌はすでに感覚を失っているのに。

五感の全てを失って。

それでも、確かに存在を感じる。自分の傍《かたわ》らに立つ何者かの存在を。

『人はさ、自分の目で見て、聞いて、嗅いで、触れて、感じたものしか、認識することができない。でも、人が認識したものが、世界の全てであり、真実ってことかな？　違うよね？　それは人が認識している、人の五感が認識できる、ただの〝現象〟に過ぎない。それは――世界の真の姿とは、ほど遠いんだよ』

「君は……誰なんだ……？」

答えず、その人物は続ける。

『普段の君が見ている世界は、ただの〝現象〟に過ぎない。

魔法は、世界の上に立つ〝現象〟の操作の結果に過ぎない。

剣は、ただの野蛮な物理的武器という〝現象〟の形に過ぎない。

〝現象〟に囚《とら》われてる内は、〝現象〟を斬ることしかできないんだ。当たり前だよね。

だから、〝見る〟のではなく、〝視《み》る〟んだ。知るのではなく〝識《し》る〟んだ。

〝現象〟の根底にある〝世界〟という真実の概念を、剣という概念で〝開く〟んだ。

すでに目は見えず、音も聞こえず……五感を全て失った、今ならできる。

物理的な〝現象〟に過ぎない肉体という檻《おり》から、〝君〟は解き放たれた。

今、君は〝君〟という〝概念〟を、無理矢理、深層意識の底に沈めず、〝君〟として在《あ》り続けている。

ありのままの〝君〟なら……きっとわかるよ。多分ね』

「――――ッ⁉」


気付けば、その存在は消え去っていた。

今、ここにあるのは、自分自身のみ――

あの人物が一体誰だったのか？　今は考えている暇はない。

他に考えるべきことがあるからだ――

（もう、目も見えないし、耳も聞こえない、肌の感覚も失った……でも、自分という輪郭は崩れていない……俺は確かにここに在る！）

皮肉にも。

かつての敵、アンナ先生から繰り返し処方された〝愚者の霊薬〟の経験が生きる。

この自分自身という存在が世界から消えてなくなる感覚には、もう慣れている。

全ての感覚を失っても、自分の存在は、見失わずに済んでいる。

あの経験がなかったら、きっとこの状況にパニックになっていたし、さっきの謎の人物の言葉も、サッパリ理解できなかっただろう。

（俺のスフィアは外に広がらない。自分の内に自己完結している）

今はその事実を認識しているからこそ――リクスは自身の輪郭を認識できる。

（そうか、これが。この今在る俺自身が……俺のスフィアか）

エゴとはよく言ったものだ。

そして、自分自身が〝概念〟と成ったからこそ、わかる。

スフィアを外に大きく広げるということは――それは自分という〝概念〟を、外の〝現象〟を獲得・操作するために、限りなく薄めてしまう行為。

それゆえに――〝世界〟という真実の概念から、世界の真実の姿から――即《すなわ》ち真理から大きく遠ざかる。

皮肉なものだ。

聞けば、魔術師は真理を探究する者らしい。

だが、これでは真理を探究すればするほど、真理から遠ざかる。

真理を摑《つか》むには、その逆。世界とは真逆。自分自身を突き詰めるべきだったのだ。

剣とは――その歴史的な成り立ちと概念ゆえに、もっとも自分自身に向き合う、真理への近道の一つだったのだ。

（……わかる。視える。感じる）

何も見えないけど。何も聞こえないけど。何も感じないけど。

でも、確かに視えるものがある。

言わば、自己認識感覚の周波数が合ったのだ。自分自身が〝概念〟化したことで、〝現象〟の向こう側――世界という〝概念〟を感じ取れるようになった。

今、リクスが視ている世界は、何も見えないが、何よりも鮮明に視えていた。

遥《はる》か後方では、シノやセレフィナ達が大騒ぎしている。

良かった、無事だ。どうやら俺を心配しているらしい。俺を助けに入ろうとして、ランディに止められている。そりゃそうだ。今の君達じゃすぐ死ぬから止《や》めてほしい。

そして、この一帯の酸素を凍結させている魔法結界の基点も、周囲に幾つかあるのがわかる。そこを中心に不穏な魔力が激流のように流れていっているのが理解できる。

そして、凍気の流れも鮮明にわかる。

〝現象〟としては目に見えない物も、〝概念〟としてなら、手に取るようにわかる。

そして、前方では、ルティルがゆっくりと近づいてくるのがわかる。

いや、ルティルの皮を被《かぶ》った何か。

その左胸部に埋め込まれた、ドス黒い何か。
〝概念〟をして理解しきれぬ、悪意と殺意と混沌《こんとん》の塊。
感じるだけで吐き気を催す邪悪な何か。アレは一体、なんだ。
（そうか、アレが――ッ！）
リクスが――動いた。

――。

誰もが、もう駄目だと思った。
誰もが、もうリクスは勝てないと思った。
誰もが、もうルティルは止められないと思った。
だが、そんな誰しもの諦念を、ただ一振りの光の剣閃《けんせん》が――斬り裂いた。

「――――ッ⁉」
「はぁ――……ッ！　はぁ――……ッ！　はぁ――……ッ！」

その一瞬、ルティルとリクスの周りの全ての凍気が雲散霧消した。

酸素を凍結していた結界も、瞬時に完全に破壊され、消滅した。

完全に凍り付いていたリクスも、急速に凍結が解除され、元に戻っていく――

だが、そんなことよりも。

固唾を呑《の》んで見守っていた一同を何よりも驚かせたことがある。

それは――……


「な、なんじゃ今の〝光の剣閃〟は⁉」

「な、なんか、いつもと感じが違ったぞ……ッ⁉」

「黄昏の金色じゃない！　ぎ……銀色……ッ⁉　まるで夜明けのような……」

「あ、あれは……《黎明の――」

シノが目を剝《む》いて呆然《ぼうぜん》と、リクスの後ろ姿を見つめる。

そして――

「あはっ！　あっはははははははははははははははは――っ！」

ルティルが歓喜の声を上げた。

「そうよ、そうですよ！　それ！　それですよ、リクス君！　私は、ずっと、ずっと、それが欲しかった！」

再び、瞬時に凍気を高め始めるルティル。

そして、全身全霊をもって、リクスへと襲いかかる。

再び、顕現する氷結地獄。

「りぃいいいいくぅううううすぅううううううううううううう――っ！」

それはこれまでの戦いが遊びだったと思わせるほどの、絶望的な凍気。

さらに暴威を増して、リクスへと襲いかかってくる――

――が。

（あ。終わりましたね、これ）

内心、ルティルは冷めていた。

《黎明《れいめい》の剣士》の真なる〝光の剣閃〟。

《祈祷《きとう》派》の祈祷魔法に打ち勝てる唯一の手段がゆえに、ルティルが長年追い求め続けていたもの。
それにリクスが至った時点で……もう勝負は見えているではないか。
案の定——
「ふ——」
リクスは凍気を纏《まと》って突進してくるルティルを冷静に見つめて。
深い呼吸と共に、ゆっくりと腰を落として。
次の瞬間——〝斬った〟。

「……あっ」

迸《ほとばし》る、夜明けの黎明の如《ごと》く、眩《まばゆ》き銀色の剣閃。
速い。速過ぎる。
理屈は不明だが、光速を超えている。世界の物理法則を完全に無視している。
これが、これこそが——〝光の剣閃〟。
瞬時に、完全に断ち斬られたルティルの心臓。
吹き飛ばされ、空を舞うルティルの身体《からだ》。

……致命傷だ。
身体がもう、ぴくりとも動かない。
（……やっぱり、終わりましたね……）
でも、どこか気分は晴れやかだ。
（ああ、でも、やっと終わった……もう疲れちゃった……
私の人生って……一体、なんだったんでしょうか……？）
もう、どうでもいい。
どうでも。
リシャール様が亡《な》くなって以来、ずっと、ずっと悪夢の中を必死に藻掻《もが》き、彷徨《さまよ》ってい
るようだった。生き地獄だった。
ただ、この生き地獄の焦熱に灼《や》かれるまま、ずっと死体に鞭打《むちう》って生き続けてきた。
死んだ心と身体を、無理矢理動かし続けてきた。
だけど……もう疲れた。
これで終わるなら、別にそれでもいい。
（リシャール様……今、私も……）
そちらに行きますと思おうとして、苦笑する。

こんな汚《けが》れた私が、あんな高潔な御方の元へなんか行けるわけないだろうに。

やっぱり……もうどうでもいい。

どうでも……

最後に、落下する身体が、誰かに受け止められる感覚を覚えて。

そのまま、ルティルの意識は闇の中に落ちていく――……

――。

終章　再出発

——はっきり言って、リシャール様以外の男なんて、大嫌いだった。

全て、消えてなくなってしまえば良い。

『ほう？　どうしても、あの大会関係者のリストが欲しいかね？　ん？

しかしなぁ、重大な個人情報もあるしな……いくら公女殿下の頼みでも……

だが、どうしてもというなら……そうだな、〝誠意〟を見せてくれれば、考えてやらんでもないぞ？　ふふふ、どうするかね？』

『《祈祷派》の祈祷魔法の情報を開示しろ？　いやぁ、アレは我々神秘管理局の中でも最高機密だからね……公女殿下といえども、教えるわけにには。

まぁ、〝それなりの物〟を差し出してくれれば、考えないこともないが。

……ふっ、わかるだろう？　公女殿下』

『もちろん！　喜んで協力させていただきますよ、公女殿下！　いやぁ、殿下が俺の物になってくれるなら、もうなんだってしちゃいますよ、あははは！』

下卑た声。好色な目。欲望に膿《う》んだ肌。穢《けが》らわしい。怖気《おぞけ》が走る。

どいつもこいつも。どいつもこいつも。どいつもこいつも。どいつもこいつもどいつもこいつもどいつもこいつもどいつもこいつもどいつもこいつも――ッ！

……だが、私は決めたのだ。

絶対に、リシャール様の仇《かたき》を討つと。あの人の無念を晴らすと。

そのためなら、もうとっくにリシャール様と共に死んで埋葬されたこの心と身体を、豚共の餌としてくれてやることなぞ構うものか。

私の腐肉ならいくらでも貪れ、豚共。

その代わり、醜く肥え太った貴様らを喰《く》らうのは、私だ。

私は報いなければいけないのだ。そのためにリシャール様に生かされたのだ――

（……いや、違う）

いい加減にしろ、私。

いい加減、リシャール様を穢すのは止《や》めろ、私。

全部、私だ。

リシャール様のために、あらゆることを犠牲にしてきたのも。

全部、全部、私のせいであり、私の意志と決断ではないか。

リシャール様が亡くなったのも。

リシャール様は、何も関係ない。

リシャール様は、決して私にそんなこと望まない。望むわけがない。

リシャール様は、私が仇を討つことなど、欠片《かけら》も望んでいない。

あの人なら、どこまでも私の幸せを願っていたはずなのだ。

だけど――私にはもう、それ以外になかった。

だって、リシャール様がいない世界で、それ以外に私が生き続ける意味が、動き続ける理由が、もう他に何も見出《みいだ》せなかったからだ。

だから――それだけのために、無駄に無意味に生き続けてきた。

私は、セレフィナのように強くなかったのだ。

弱かった。前を向けなかったのだ。

（ごめんなさい……セレフィナ……貴女《あなた》を傷つけて……裏切ってしまって……）

叶《かな》うなら……せめて、地獄へ逝《ゆ》く前に。

もう一度、あの子に。せめて一言、あの子に。

私は……

「起きよ、ルティル」

私は……

「起きよと言っておる。いつまで寝ておるか」

……なんて都合の良い妄想だろう。

あの子の声が聞こえる。

はぁ、なんて救いようのない。

　私は一体、どこまで――……

「ルティル！　起きぬかぁあああああああああああ――ッ!?」

「――ッ!?」

　べしばしべしばし！

　闇の中に完全に沈んでいた意識が、連続で頬を張られたことで、急速に浮上する。

　ルティルが、がばりと身を起こす。

　すると、セレフィナがルティルの顔を覗《のぞ》き込んでいた。

「まったく、ようやっと起きたか。寝覚めが悪いのは相変わらずじゃな」

「せ、セレフィナ!?　あ、あれ!?　わ、私どうして……心臓を斬られて死んだはずでは……ッ!?」

　慌てて身体をまさぐるが、なんともなっていない。

　そもそも服すら傷ついていない。

「リクスに感謝することじゃな」

　ふん、とセレフィナが鼻を鳴らし、視線を動かす。

その先には、全身ボロボロのリクスが、シノとアニーから治癒魔法を受けていた。

「うわぁ……これは酷《ひど》いなぁ……帰ったらルシア先生に診《み》てもらわないと」

「バカ。このバカ。バカ」

「痛い！　痛いって！　もっと優しくして――って、あっ⁉　目が覚めました？　ルティル先輩！」

ルティルの目覚めに気付いたリクスが、さっきの壮絶な殺し合いなど微塵《みじん》もなかったかのように、笑顔を向けてくる。

「り、リクス君……あの……私はなぜ生きてるんでしょうか……？　私は貴方《あなた》に斬られたはずでは……？」

「えーと、そのなんていうかですね！　よくわかりません！」

あっけらかんと言われ、ルティルがカクンと頭を傾ける。

「口で言うとその……なかなか説明が難しいんですけどね！　俺はルティル先輩は斬ってません！　ルティル先輩の心臓に同化していた、魔王遺物だけ斬りました！

どうやったのかよく覚えてませんけど、大体そんな感じです！」

「ったく……お前は本当に俺達の予想や常識を、いつも簡単に超えてくれるよな……一体、どうなってんだよ？」

「いやぁ！　さっすが、アニキ！　憧れるっす！」

そんな風に騒いでいるリクス達を見て、ルティルはしばらくの間、呆気《あっけ》に取られたようにポカンとしていたが。

やがて、今度こそ憑《つ》き物が落ちたかのように、息を吐いた。

「そうです……そうでしたよね……リクス君が本当に〝光の剣閃《けんせん》〟を使えるんでしたら……この程度のことはできて当然でしたよね……

でも、どうして？　リクス君は、私を殺せたはずです。その方が確実で、簡単だったはず。違いますか？」

「え？　はい、まぁ……多分、遺物ごと先輩を仕留める方が、俺の生存確率も高かったです」

「なのに、なぜ？　はっきり言って……私はリクス君に手心を加えてもらえるような、女じゃなかったですよ……

最初から、リクス君を利用するために近づいて……それに、さっきまでリクス君の人格を破壊して、本気で私の都合の良い人形にするつもりでした。

〝魔王遺物〟で、自我が暴走していたとはいえ……あれは紛れもなく私自身の意思でもあったんです。

どうして生かしたんですか……？　どうして終わらせてくれなかったんですか……？」

すると、そう言って俯《うつむ》くルティルに。

「え？　いや、だって……寝覚め悪いじゃないっすか」

リクスがあっけらかんと答えた。

「え？」

「だって、俺、なんだかんだで、先輩のこと好きですもん。

先輩の人形になるのはゴメンですけど、先輩は一緒にいて楽しい人ですし、なんかこう
……やけに腹黒くて怖いとこも、慣れると面白いですし。

それになんだかんだで、学院のことが大好きで皆のために色々と尽力してくれる、良い人じゃないですか。

俺、先輩のこと、マジで尊敬してますよ？　本当に」

「…………」

「そんな人、殺せるわけないですし、なんとかして救いたいって考えるのは……そんなに不自然ですかね？

あっ⁉　それでも先輩の人形になるのはお断りっすからね⁉

俺は人間なんで！　それだけはマジ勘弁っす！　今度それやってきたら、さすがに先輩

方によっては、俺だって協力しないこともないです。
ただ……先輩が、一人の人間としての俺に何か頼み事があるんでしたら……内容とやり
のこと、マジで叩《たた》っ斬りますから！
まぁ、なんていうか……やっぱりまずは話し合いからじゃないっすか？」
「……………………」
そんなリクスの言葉に、ルティルが呆然《ぼうぜん》としていると。
「じゃから、言ったろ？」
セレフィナが、ルティルの肩に手を乗せる。
「リクスは決して、汝《なれ》ごときに御せる男ではないと。
本っっっ当に、人の思い通りにならん、フリーダムなやつなのじゃ」
苦笑しながら、そう語るセレフィナに。
「……はい、そうですね。そうみたいです。
……私がバカでした……」
ルティルは残念そうに、だけど、どこか晴れやかに笑う。
今度こそ。
本当に、何かが吹っ切れたような、そんな表情であった——……

——。

——数日後。

「で？　お前、結局、生徒会への入会の話、おじゃんになったんだっけ？」

午前中の授業が終わって昼休み。

食堂へ移動しながら、ランディがリクスへと問う。

「せっかく、退学回避のための実績を作るチャンスだったのによ。なんでだ？」

「元々、ルティル先輩の独断による、強引な勧誘だったからね。

やっぱり、正式にメンバーになれるのは二年からだってことで、ルティル先輩の方から取り下げてきたんだ」

「まあ……リクスを生徒会へ引き入れる理由が、リクスを落とすために、自分の手元に置いて、よく観察するため、だったからなぁ……」

「さすがに不誠実過ぎました、本当にすみませんでしたって謝ってきたよ」

「フン！　当然じゃな！」

「まったくだわ！」

「あはは……」

憤《いきどお》ったようにセレフィナとシノが鼻を鳴らし、アニーが曖昧に笑う。

「しかし……ということは、ルティル先輩、リクスを自分の物にすることは完全に諦めたようだな？」

「うん。件《くだん》の《祈祷派《きとう》》のことについても、いずれ時が来たら話すって言ってた」

「フン。おまけに、あの銀色の〝光の剣閃〟は、あれ以来、再現できんのじゃろ？」

「まぁ、何かのまぐれっぽかった。そもそもなんなんだろうな、アレ」

「そもそもお前が何者なんだよ？　本当に謎だらけだよな……」

そんな風に言い合っていると。

「まぁ、とにかくじゃ！」

セレフィナが力強く結論した。

「ようやっと、余らの学院生活から、ルティルとかいう鬱陶しいやつが消えてくれたわけじゃ！　あっははは！　清々したわ！　あっはははははははははは――」

ようやく平和が戻ってきたぞ、あっははははははははは――」

セレフィナが高笑いをしていた、その時だった。

「リ～ク～ス～君っ！」

不意に廊下の角から、リクス達の前に姿を現したのは――

「る、ルティル先輩⁉」

素っ頓狂な声をリクスが上げ、唐突なる敵の来襲にセレフィナ達が身構える。

だが、そんなセレフィナ達に構わず、ルティルが戸惑うリクスの腕を取って、絡《から》みついてくる。

「ふふっ、リクス君。今日は天気良いですね」

「え？　あっはい、そうですね」

「実は、私、お弁当作ってきたんですよ。手作りです。

外で私と一緒に食べませんか⁉」

「ええっ⁉　いや、その、俺――」

「ほらほら、昼休みは短いんです！　早速行きましょう！　ね！」

そんな風に、ルティルが強引にリクスを、呆気に取られる一同の前から連れ去ろうとしていると。

「待て待て待て待てぇええええええ――っ！」

セレフィナが慌ててリクスとルティルの間に割って入る。

「こらぁああああああ!?　何やっておるか、ルティル～～っ!?」

「あら、セレフィナ？　いたんですか？」

「白々しいわ！　そんなことより、汝《なれ》っ!?　一体、どういう料簡《りょうけん》じゃ!?

もうリクスを自分の物にすることを、やめたのではなかったのか!?」

セレフィナが肩を怒らせて、そう迫ると。

「え？　あ、はい。それはもうやめましたよ？」

「じゃあ、なぜ!?」

「なぜって……やだ、セレフィナ、決まってるじゃないですか！

リクス君は私の物にならない……だったら、決まってます。

私がリクス君の物になればいいって！」

「はぁあああああああああああああ!?」

「目指すは相思相愛、互いに対等な関係の、ラブラブカップルです♪」

「貴様、リシャール兄様はどうしたぁあああああああああああ!?」

そんなセレフィナの叫びに。

ルティルはほんの少しだけ、哀《かな》しげに、どこか吹っ切ったように言った。

「もちろん、リシャール様は私にとって、大切な人。一生忘れません。

でも……いつまでもリシャール様に囚《とら》われて、自分を傷つけ続けたところで、リシャール様は帰ってきませんし……きっと、喜びません。

だって、あの人は誰よりも優しい人だったから……」

「……それは」

セレフィナは言葉に詰まり、やがて神妙に頷《うなず》いた。

「……確かにそうじゃ。兄様は、ルティルが傷つくことを望まぬ。

ルティルにも幸せになる権利がある。

きっと、ルティルが誰よりも幸せになることを、あの世で願っているはずじゃ。

ようやく……ようやくわかってくれたのか」

「はい」

「遅いわ、戯《たわ》け」

「ごめんなさい、セレフィナ」

「……フン」

申し訳なさそうに目を伏せるルティルに、セレフィナが顔を赤らめ、そっぽを向く。

辺りを包む、しんみりとした雰囲気。

だが、それは一瞬。

「──というわけで！　私、リシャール様のためにも幸せになりますね！

行きましょう、リクス君！　私の未来の旦那様！」

「って、ぅえええええい⁉　ルティル先輩ぃいいいいいいい⁉」

そのまま、ルティルはリクスを強引に引っ張り、かっさらってしまう。

「って、待て、ルティルぅうううううう⁉」

「あら、貴女《あなた》が言ったんじゃないですか、セレフィナ。

こんな私でも幸せになる権利があるって」

「それとこれとは話が別じゃ！

あああああああああもうっ！　やっぱ、余、汝《なれ》のこと、大嫌いじゃああああああああああああああああああ──っ！」

叫んで。

セレフィナが、ルティル達を追いかけていく。

「面白すぎる」

ランディは笑いを堪《こら》えるのに精一杯で。

「私も、あの女嫌い」

「……私も」

シノとアニーが据わった表情で、杖《つえ》を抜いて、追いかけていく。

「これって、アニキ争奪戦っすか⁉　修羅場っすか⁉　さっすがアニキ、常在戦場！　こうなったらトランも混ざるっす！」

「……本当に飽きねえな、あいつといると」

そんな様子を、ただランディだけが、楽しそうに苦笑いで見守っているのであった。

あとがき

こんにちは、羊太郎《ひつじたろう》です。

今回、新作『これが魔法使いの切り札』第三巻！　刊行の運びとなりました！

編集者並びに出版関係者の方々、そして、この本を手にとってくれた読者の方々に無限の感謝を申し上げます！　ありがとうございます！


小説を書いてて一番大切なことは何かなって、作家としてよく考えるのですが、僕はやっぱり、登場人物、キャラクターだなって思っています。

もちろん、緻密で芸術的なストーリーラインや、美しい文章表現も大事なのですが、ライトノベルでのキャラクターの重要性は、その前者二つを遥《はる》かに上回ると個人的には思っています。

そして、僕は常日頃こんなキャラクターはどうか？　あんなキャラクターはどうか？　と、色々考えているのですが、今回登場するルティル先輩も、そんな僕の常日頃の試行錯誤から生まれたキャラクターです。

いやぁ、彼女は書いてて、滅茶苦茶楽《めちゃくちゃ》しかったです（笑）。

恐らくは、読者様から賛否両論な子だとは思いますが、たまにはこういうキャラクターもいいかなって、個人的には思っていたりもします。

そして、新しいキャラを登場させる度に毎回思うのですが、既存のキャラとの絡《から》みで色んな化学反応を起こして、既存のキャラの深掘りもできたりするので、やはり恐れず新しいキャラクターに挑戦し続けるのは、作家として重要なことであり、何よりの醍醐味《だいごみ》なのだなと実感できた巻でした（後、リクス君は誰にも制御不可能なのだな、とも（笑））。

皆さん、ルティル先輩はどうでしたでしょうか？

少しでも楽しんでいただければ、作者冥利《みょうり》に尽きます！


それと、X（旧Twitter）で生存報告などやってますので、DMやリプで作品感想や応援メッセージなど頂けると、とても嬉《うれ》しいです。羊が調子に乗って、やる気MAXになります。ユーザー名は『@Taro_hituji』です。

それでは！　また次巻でお会いしましょう！

羊太郎

お便りはこちらまで
〒一〇二－八一七七
ファンタジア文庫編集部気付
羊太郎（様）宛
三嶋くろね（様）宛

富士見ファンタジア文庫

これが魔法使《まほうつか》いの切《き》り札《ふだ》

3．微笑《ほほえ》みの公女《こうじょ》

令和６年７月20日　初版発行

著者——羊《ひつじ》　太郎《たろう》

発行者——山下直久

発　行——株式会社KADOKAWA
〒102-8177
東京都千代田区富士見2-13-3
0570-002-301（ナビダイヤル）

印刷所——株式会社暁印刷

製本所——本間製本株式会社

ISBN978-4-04-075496-3 C0193　◇◇◇

世界最強の
“不可能任務”に挑む少女たちの
痛快スパイファンタジー！
スパイ教室
竹町
illustration
トマリ

無自覚最強ハーレム！
シリーズ
好評発売中！
妹が女騎士学園に入学したらなぜか救国の英雄になりました。ぼくが。
僕
After my sister enrolling in Girl Knights'School, I become a HERO.
author. ラマンおいどん
ill. なたーしゃ
ファンタジア文庫

だって学園の誰より
兄さんのが
強いですから
STORY
妹を女騎士学園に送り出し、さて今日の晩ごはんはなににしよう、と考えていたら、なぜか公爵令嬢の生徒会長がやってきて、知らないうちに女王と出会い、男嫌いのはずのアマゾネスには崇められ……え？　なんでハーレム？

双星の
無名の青年が天下無双の大活躍！
彼の前世は、最強の英雄だ！
華流転生ソードファンタジー。

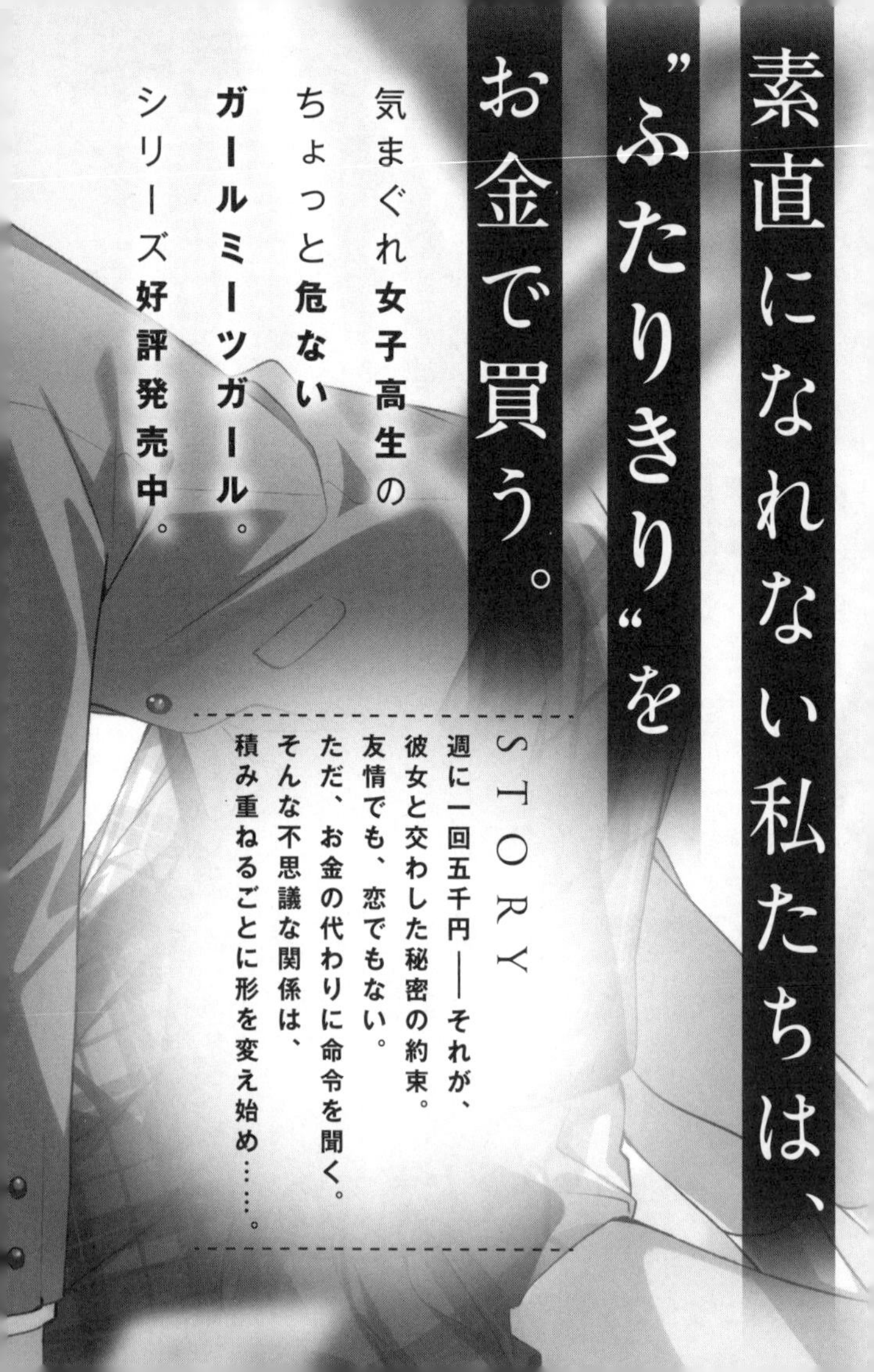

素直になれない私たちは、
”ふたりきり“を
お金で買う。
気まぐれ女子高生の
ちょっと危ない
ガールミーツガール。
シリーズ好評発売中。
STORY
週に一回五千円——それが、
彼女と交わした秘密の約束。
友情でも、恋でもない。
ただ、お金の代わりに命令を聞く。
そんな不思議な関係は、
積み重ねるごとに形を変え始め……。

ファンタジア文庫
週に一度
クラスメイトを
買う話
～ふたりの時間、言い訳の五千円～
羽田宇佐《はねだ・うさ》 イラスト／U35《うみこ》
USA HANEDA

「す、好きです!」「えっ? ススキです!?」。
陰キャ気味な高校生・加島龍斗は、
スクールカースト最上位&憧れの白河月愛に
罰ゲームきっかけで告白することになった。
予想外の「え、だってわたしフリーだし」という理由で
付き合うことになった二人だが、
龍斗はイケメンサッカー部員に告白される
月愛の後をつけて盗み聞きしてみたり、
月愛は付き合ったばかりの龍斗を
当たり前のように自室に連れ込んでみたり。
付き合う友達も遊びも、何もかも違う2人だが、
日々そのギャップに驚き、受け入れ合い、
そして心を通わせ始める。
読むときっとステキな気分になれるラブストーリー、
大好評でシリーズ展開中!

ありふれた毎日も
全てが愛おしい。

済みなキミと、
ゼロなオレが、
き合いする話。

ファンタジア文庫
何気ない一言も
キミが一緒だと
経験
経験
お付
著／長岡マキ子
イラスト／magako

ティナ
四大公爵家の
ひとつ、ハワード家に
生まれた公女殿下。
なぜか誰でも扱える
程度の魔法すら使う
ことができない。
変える
はじめましょう
アレン
公爵令嬢ティナの
家庭教師を務める
ことになった青年。魔法
の知識·制御にかけては
他の追随を許さない
圧倒的な実力の
持ち主。
発売中!

切り拓け！キミだけの王道
ファンタジア大賞
原稿募集中！
賞金
《大賞》300万円
《金賞》50万円
《銀賞》30万円
選考委員
細音啓「キミと僕の最後の戦場、あるいは世界が始まる聖戦」
橘公司「デート・ア・ライブ」
羊太郎「ロクでなし魔術講師と禁忌教典《アカシックレコード》」
ファンタジア文庫編集長
前期締切 8月末日
後期締切 2月末日
公式サイトはこちら！ https://www.fantasiataisho.com/
イラスト／つなこ、猫鍋蒼、三嶋くろね